還是要抱著溫暖的鍋子說晚安

彩瀨圓

目錄

一匙振翅 005
悲傷的食物 051
總匯披薩 101
飛越濃湯之海 137
相約泡芙塔 165
大鍋之歌 207

一匙振翅

那個女人推開店門的瞬間，初秋罕見的溫暖夜風吹了進來，在店內轉了一圈。

「歡迎光臨。」

「你好，我一個人。」

「吧檯和桌子都可以，請隨便坐。」

這家店很少有女客上門，她身上那件淺灰色風衣下露出了淡玫瑰色百褶裙的裙襬。她的五官並沒有很出色，但散發出一種吸引眾人目光的神奇魅力。這就是所謂的氣質美女嗎？她一頭及胸的長髮染成接近巧克力的素雅顏色，髮梢微微鬈起。微微下垂的眼尾和豐滿的下唇很惹人喜愛。

店內有五名客人，所有人的目光都集中在她身上。不知道為什麼，她用帶著驚訝的眼神注視著站在吧檯內的我很久。我定睛打量她的臉，想確認她是不是我認識的人，但我並沒有長得這麼可愛的朋友。

她猶豫了一下，移開了視線，在四人座的餐桌旁坐了下來。我拿著菜單和水杯走向她。

「請問妳要點什麼？」

「呃……我看到外面的菜單上有燉菜。」

「對，這裡每天都供應兩道燉菜，今天有俄羅斯酸奶燉牛肉和甜辣雞翅滷蛋。」

「……嗯。」

她可能不太擅長說話，說起話來吞吞吐吐，而且回答時總是慢一拍。她點了紅葡萄酒和俄羅斯酸奶燉牛肉。我在送葡萄酒時，把青花菜和明太子洋芋沙拉的小菜也一起放在她的桌子上，然後把燉菜裝在很深的盤子裡，送到她面前。

「如果妳餓了，本店也提供麵包和沙拉。」

「不用了。」

開動了。她合起雙手，然後垂下雙眼，把筷子夾起的青花菜送進嘴裡。她的睫毛很長。雖然正面看起來很文靜，但稍微改變角度，她的臉顯得稚氣未脫。

啪答答。我聽到了鳥兒拍翅的輕微聲音。已經是晚上了，不知道哪裡有鳥在飛。

那天之後，那個美女每週會來店裡一次，每次都滿臉疲憊地點一道燉菜，悠閒地喝兩杯葡萄酒。她會根據燉菜的種類，有時候喝紅葡萄酒，有時候喝白葡萄酒，但似乎並沒有特別偏愛哪一種。她從來不會和其他客人閒聊，總是默默地吃完德國酸菜培根湯、油亮亮的洋芋燉肉、豬五花白菜千層鍋或是茄汁白肉魚燉冬令蔬菜。

「對了，」

我瞄了一眼帳單上用潦草的字寫著的微辣燉牛筋、紅葡萄酒，輸入收銀機的同時，看著臉頰微紅的她問：「妳是不是不喜歡吃雞肉？好像每次都刻意避開。」

「啊……我不能吃雞肉。」

「喔，這樣啊，真辛苦。」

是會引起過敏嗎?客人中不時會有這樣的人。為了謹慎起見,也許該告訴老闆,要分開使用不同的菜刀、砧板和鍋子。我把收據和找零的錢放在她豐腴的手上。雖然認識她有一段時間了,我現在才發現她的手很白,很細嫩。我羨慕地抬起頭,發現她目不轉睛地看著我。

「……我也可以請問妳一個問題嗎?」

「好啊,請說。」

「呃……店員小姐。」

她的視線在我胸前掃來掃去。我並沒有戴名牌。

「啊,不好意思,我姓乃嶋。」

「乃嶋小姐,請問妳是這家店的老闆嗎?」

「不是不是,怎麼可能?我只是店員,妳知道離這裡不遠的商店街上有一家乃嶋精肉店嗎?」

「是。」

「那家店的老闆乃嶋忠成也是這家店的老闆,他是我的叔叔,店裡的菜和傍晚的準備工作都由他一手包辦。」
「……原來是這樣。」
「有什麼問題嗎？」
「不，沒有……」
她微微低下頭，顯得有點侷促不安，語尾也被她吞了下去。
她雖然是大人，但有點像小孩子，看起來有點怯弱，或者說很不乾脆。
在我腦海中閃過這個念頭的下一剎那，有無數鳥兒拍翅的聲音攪動了周圍的空氣，溫暖的空氣也包覆了我的臉頰，彷彿有好幾層柔軟、香氣宜人的東西層層疊疊，好像有很多羽毛輕拂臉龐。我眨了眨眼睛。眼前當然沒有這種東西，我和平時一樣，站在深夜的收銀台前，然後一下子忘了剛才在想什麼。
「咦？」
當我回過神時，發現眼前的美女不知所措地抓著臉頰。她今天也很可愛。

「啊，呃，不好意思，謝謝款待。」

她輕輕鞠了一躬，走了出去。

「對了，最近有一個很可愛的人常來店裡。」

「慘了，那我要去店裡看看。」

「嬸嬸有希望回來了嗎？」

一陣沉默。忠成叔叔好像看到了獵物，瞇起了看向湖面的雙眼。寂靜的湖面宛如鏡子，非但沒有獵物，甚至沒有一絲漣漪。

我卸下霰彈槍裡的子彈，收進盒子，喝著裝在熱水壺裡的咖啡。平時這裡有很多水鳥聚集，但我們已經等了二十分鐘，仍然沒有動靜。早知道應該同時帶釣竿過來，我閒得都快睡著了。

「那些老主顧都很擔心你，經常問我老闆怎麼了，是不是身體出了問題。」

「沙彩，我一直相信妳不會出賣家人的隱私。」

「我當然不會告訴客人，你是因為在菲律賓酒店流連忘返，導致嬸嬸回了娘家，結果你為了照顧精肉店和兩歲的兒子，忙得焦頭爛額，以至於無法分身顧及好不容易開張的酒吧餐廳。這種家醜怎麼可以外揚？」

「我不是付妳打工費了嗎？」

「這點我很感謝啦。」

啪沙。聽到巨大的拍翅聲，我立刻住了嘴。飛來的水鳥沒有看湖面一眼，就向高空飛去。

「你今天不用照顧龍貴嗎？」

「嗯，今天把他送去我媽那裡。……去年靜子生日時，我烤了鴨肉給她當做意外驚喜，她很高興，不知道今天能不能打到鴨子。」

「不是送首飾道歉，而是送鴨子嗎？」

「我剛開店，手上沒錢。」

他在沒錢的狀況下還為了菲律賓酒店的女人當火山孝子，難怪靜子嬸嬸氣得火冒三丈。我忍不住同情起這個只有在新年和中元節時才會見到面的嬸嬸，將視線移向湖面，繼續尋找獵物。這時，看到在離湖邊三十公尺的樹上，有一隻山鳩。我立刻壓低聲音叫著忠成叔叔。

「有山鳩。」

「啊？在哪裡？」

「就在那裡稍微突出來的樹枝上。」

「……和樹幹的顏色混在一起，看不清楚。」

「你的視力是不是變差了？」

我考取狩獵證照才一年，忠成叔叔已經有十年的資歷，技術當然比我厲害多了，再加上今天無論如何都想有所收穫，更希望交給他處理，但他磨磨蹭蹭，山鳩會跑掉。我重新裝上子彈，舉起獵槍瞄準，同時屏住呼吸，放鬆肩膀的力氣以免手抖，然後扣下了扳機。

砰。尖銳響亮的聲音響徹周圍。樹枝上的山鳩消失了。我撿起彈殼，急忙跑向那棵樹，發現那隻山鳩微微張開翅膀在地上躺平了。我把還有餘溫的那團羽毛交給忠成叔叔。

「那今天就用烤山鳩努力看看吧。」

「可以嗎？」

「沒問題。」

我點了點頭，抬頭看著微陰的天空補充說道：

「你趕快搞定靜子嬸嬸，回來店裡。」

「店裡的工作很辛苦嗎？」

「那倒不是，只是覺得這樣下去，我就會一直留在店裡。」

「我無所謂啊。」

「但是這樣不行，我也該好好思考一下，不能一直依賴自己人幫忙，靠打工過日子。」

「沙彩，我覺得妳可以活得更輕鬆點。」

忠成叔叔聳了聳肩說。親戚中只有他會說這種話。

三年前，我從無人不知的知名大學畢業，進了一家無人不曉的知名企業，成為家族的驕傲，很多人都稱讚我：「沙彩，妳真是一個孝順的女兒。」但是，我在那家公司工作了半年就辭職了。父母和其他人表面上都很關心我，但從他們的言語之間，可以感受到他們的焦急和困惑。趕快找下一個工作。妳應該在辭職之前，先找好下一份工作。不能在履歷表上留下空白期間。好不容易進了一家好公司，為什麼會這樣？我從他們尷尬的笑容背後，聽到了這些聲音。

我在家蝸居了將近一年，忠成叔叔雇用了我在他店裡打工，同時又以狩獵需要幫手為由，把我帶出了家門，我很感謝他，只不過忠成叔叔為我打造的生活圈只是暫時的，是只針對自家人、期間限定的舒適圈，現實更加嚴峻，我必須在忘記嚴峻的現實之前回到那個世界。

我連續搖了好幾次頭，笑著扛起行李說，去下一個點吧。

我已經好久沒有在非假日的白天走進百貨公司了。

我媽說，她想去看化妝品，於是叫我陪她逛百貨公司。她說她看了廣告，發現有自己想買的商品，但又擔心那是針對年輕人的美妝品牌，所以似乎不敢自己一個人去。

「聽說專櫃小姐會教適合不同場合的化妝，妳要不要試一試？」

「呃，不必了，太麻煩了。」

我對自己的外表並沒有很在意，也覺得化妝並不好玩。無論臉蛋和衣服，只要維持某種程度的整潔就好。在忠成叔叔的店裡打工時，我也只是畫一下眉毛，擦一點口紅而已。

那個專櫃並不是在一樓的一大片化妝品區內，而是在四樓女士雜貨區，似乎是針對敏感肌膚和乾燥肌膚等肌膚問題開發的自有品牌。專櫃內貼著木紋的壁紙，放了許多小盆的觀葉植物，整個專櫃有一種自然派的鄉村情調。

「歡迎光臨。」

聽到專櫃小姐的招呼聲，我向她點了點頭，漫不經心地看著入口附近商品。不知道哪裡點了芳香精油燈，飄來一陣清新的香氣。貨架上陳列著不同系列的肌膚保養品、頭髮保養品和化妝品。

我媽正在看含有橄欖油的頭皮保養品，然後看向在收銀台周圍作業的店員。「來了。」一把一頭長髮綁成馬尾的女店員跑了過來，她穿著白襯衫和黑色長褲，腰上繫著綠色圍裙，大小不同的口袋裡裝了很多東西。

「我要買這個，還有我看到廣告上說，你們可以提供化妝諮詢，請問有哪些項目？」

「好，我去拿。」

女性店員立刻去拿了一塊差不多A4大小的薄黑板走了回來，上面用手寫著針對高中生的重點妝，還有針對大學生的挑戰妝，以及針對社會新鮮人的清新妝等針對各種不同族群的客製化化妝套餐。我看到有一項是針對求職面試的戰鬥妝，我忍不住想要嘆氣。因為我猜到了我媽內心打的小算盤。她每次都這樣，完全不重視我的意見和想法，也根本不覺得需要在意。

「媽媽，拜託妳，不要再費這種心思了，我不會試這種東西。」

「有什麼關係嘛，反正不用錢，搞不好化一下妝，心情會變好。」

「我並不是說心情的問題……」

女性店員舉起黑板，看著我們這對突然爭執起來的母女。我看著她的側臉，發現我認識她。

「咦？妳是……」

「啊？……喔，妳是乃嶋小姐。」

經常在深夜走進店裡的美女瞪大了一雙眼尾有點垂的眼睛，張大了嘴巴。

「妳們認識？」媽媽意外地插嘴問。

「她是忠成叔叔店裡的客人。」

「喔，原來是這樣。既然妳們認識，就更不必緊張了。這位小姐，妳也幫我說說她，她之前在工作上稍微有點不順利，就一直一蹶不振。既然有這個項目，就代表有很多和她差不多的客人來這裡吧？所以今天請妳幫她化妝一下。」

「媽媽，妳別這樣，她是我的客人。」

我忍不住尖聲說話，和安靜的百貨公司賣場樓層很不相稱。媽媽閉上了嘴。我終於回過神，緩緩轉頭看著美女。她並沒有露出驚訝的表情，仍然一臉老實的表情拿著黑板站在那裡。我看向她拿著黑板的白皙雙手。

「……我不用化妝，但是，我可以試一下擦手……擦身體的保養品嗎？」

「好，當然沒問題。那妳請跟我來，我們有沐浴乳、乳液，還有針對乾燥部分的保溼乳霜，去角質化妝水，以及預防青春痘的爽身粉，有各種不同的種類，如果妳有想要解決的問題，請妳告訴我。」

「我都試試看，媽媽，妳先回家吧。」

「妳這孩子，真是的。」

媽媽誇張地嘆著氣，把手上的頭皮保養洗髮精拿去結帳後就離開了。

「不好意思，我們剛才太吵了。」

「不、不，沒這回事……啊，妳請坐在這張椅子上。」

美女胸前的金色員工徽章閃閃發亮，用黑色的字寫了「清水」這個名字。

我坐在她從貨架下方拿出來的圓椅子上，和同樣坐在椅子上的清水面對面。她從後方端出一個裝了溫水的臉盆出來，把我的右手浸泡在水裡，用柔軟的海綿沾溼了手上的皮膚，再將有花草香味的沐浴乳在手上搓出泡沫。

「這種沐浴乳可以去除角質，所以皮膚會變得很光滑。沐浴乳中加了具有放鬆效果的花草，所以在洗澡後更容易入睡。」

清水來店裡時說話結結巴巴，但在介紹商品時的聲音就像流水般順暢。她用已經起泡的沐浴乳溫柔地為我洗手，舒服的感覺讓我腦袋忍不住放空，她揚起嘴角微微笑了起來。

「其實客人在店裡和同行的人吵鬧的情況並不罕見。」

「啊？是嗎？」

「是啊，因為很多媽媽都會帶女兒來這裡，希望可以藉此讓拒學，或是在人際關係上出問題，或是因為各種原因陷入沮喪，對自己的外貌沒有自信的女兒可以轉換一下心情，但女兒經常會反抗說不需要化妝、不想要這樣。」

「剛才真的太丟臉了……」

「不，妳別這麼說。」

清水為我洗完手後，把各種不同的化妝水和乳液滴在我手上，讓我嗅聞味道或是感受摸起來的感覺。我喜歡一款有石榴成分，聞起來有酸酸甜甜香味的乳液。她把乳液均勻地擦在我的皮膚上，最後再用滑潤的乳霜擦在我手上。經過她保養的右手光滑細膩，簡直不像是我的手。左手和右手的顏色和皮膚的光澤明顯不同，只有右手微微發出光澤。

「真不錯。」

「如果妳喜歡，我給妳一些試用品，妳可以在家裡使用。」

雖然她並沒有強力推銷，但我很想要石榴乳液。清水看起來不會很強勢，但很會做生意。我猶豫之後，拿了一瓶去結帳，她沒有幫我做集點卡，而是給了我九折的優惠。

「歡迎妳改天再來店裡。」

她在袋子裡放了乳液和試用品，我接過袋子時對她說。她彎下兩道眉毛，害羞地點了點頭。

最近我經常看到各種鳥類，餐廳附近的樹枝上站了一排陌生的小鳥，還看到一隻鳥喙很長的翡翠色鳥，在旁邊的月租停車場內蹦跳。酒吧餐廳打烊後，我獨自在店裡洗碗，聽到許多鳥拍翅的聲音，好像有一群候鳥飛進來一樣。

每次清水來店裡，就會有鳥的動靜。

自從在百貨公司遇到她之後，她比之前更頻繁來店裡。和以前一樣，每次都點一道燉菜，喝兩杯葡萄酒，不吃雞肉。唯一不同的是，她不再坐在餐桌旁，而是坐在吧檯前。

沒有其他客人時，清水會娓娓訴說自己的故事。她從小在山邊一個只有無人車站的鄉下地方長大，小時候皮膚就很粗糙，也成為她自卑的原因。

「所以妳才會做目前的工作嗎？」

「對，我來到東京後，驚訝地發現果然有很多護膚商品。因為以前皮膚有問題時，忍耐是唯一的選擇。只要努力尋找，就有辦法解決真的太棒了。我興奮地試了很多化妝品，然後就投入了這個行業。」

「我覺得很適合妳。」

「謝謝，我也很喜歡目前的工作，也遇到很多像我以前一樣煩惱的女生。」

「妳以前很煩惱嗎？」

「很煩惱，非常非常煩惱。」

清水聳了聳肩苦笑起來。她的臉頰光滑發亮，完全看不到以前皮膚粗糙的痕跡。她喝了葡萄酒，托著臉頰，眉頭深鎖。

「但是生意不好做，公司最近打算將品牌轉型為針對中老年客戶。」

「是嗎？」

「對，現在還是高齡的客戶有消費能力，雖然我也能夠瞭解這一點。」

她皺著眉頭，閉上了眼睛。她陷入了沉思，我聽到了鳥兒拍翅的聲音，好像有無數隻小鳥在她的身體內。她每次隔著吧檯向我靠近，拍翅的聲音就像海浪般時大時小，這到底是怎麼回事？

「……妳喜歡鳥嗎？」

「啊？鳥？」

「對，我說的不是雞肉這些家禽類的肉，而是鳥。」

「嗯，我很喜歡鳥，鳥對我來說很重要。」

她揚起兩側嘴角露出微笑的臉還是那麼可愛迷人。

清水來店裡之後，有不少男客都為她而來。已經退休的酒舖老闆，和補習班的老師，中途加入的三明治店員工這些老主顧，都比以前多光顧三成，所以最近店裡的生意特別好，有時候燉菜甚至會供不應求。

「最近的國中生和高中生來補習班上課時竟然會化妝，是不是很驚訝？她們就是因為在意這些事，功課才沒辦法進步，所以我每次看到學生化妝，就把她們趕出教室，叫她們去卸妝把臉洗乾淨。當然也有學生會哭，但學生素顏最漂亮，所以要告訴她們這件事。而且年紀輕輕就化妝，上了年紀之後，皮膚不是會變很差嗎？為學生的將來著想，也是大人的責任。」

這個補習班的老師經常來店裡抱怨和學生的父母之間的溝通，但和清水說話時的語氣總是很興奮，語尾都會忍不住上揚。他平時說話方式就很獨特，今天特別嚴重，也可能和清水說話時有點高興得忘乎所以。我忍不住停下正在擦杯子的手看著他們，發現清水嘴角露出微笑，用溫柔的動作點了點頭。

「穿制服素顏的女生的確很可愛。」

「是不是這樣？如果擦上口紅，根本完全不搭，簡直醜死了。而且她們的化妝技巧又差，都化得很濃。」

他應該從別人口中得知清水在化妝品專櫃上班。他已經喝醉了，得意地把自己說成是很為學生著想的老師，清水面帶笑容地附和著。我很想對他說，別再自以為是、多管閒事了，所以就放下正在擦的杯子轉身離開。很快就有人點了新的菜，我把那些不愉快的談話拋在腦後。每天有各種不同的客人來店裡，如果要為站在吧檯內聽到客人說的話生氣，那就整天氣不完了。

所以，當她在收銀台結帳向我打招呼之前，我根本忘了他們聊天的事。

「什麼？」

「不是啦，我是說……不好意思，我知道妳聽了很不舒服……我也覺得那種做法有問題。」

我差點想問她在說什麼，然後才想到她是指剛才有關學生化妝的對話。

「呃……呃，該怎麼說，妳不必在意我。」

「但是……」

「只要客人開心就好，我怎麼想並不重要……」

我看著在我面前皺起眉頭、一臉為難的清水，忍不住想，她是不是感到不開心？她當時溫和地附和老師的意見，現在又顧慮我的心情，她自己又是怎麼想的呢？

我覺得她太在意別人了，根本不知道她到底在想什麼。

我怔怔地這麼想著，聽到附近傳來啪沙啪沙拍翅的聲音。啪沙啪沙，啪沙啪沙。我被這種聲音包圍，溫暖的風吹了過來。

「不好意思，讓妳費心了。」

我不知不覺脫口說道。沒錯，清水隨時都很關心周圍的人，真是太善解人意了。她很可愛，也很受歡迎，沒有人討厭她。只要有她在，整家店就沉浸在一種不真實的幸福之中，好像被一隻大鳥用翅膀保護著。但是，清水向來不說會惹人討厭的話，也許被這個好像溫暖巢穴般的空間困住了，無法去任何地方。

一個月過去、兩個月過去，我發現清水坐在吧檯前向我傾訴的煩惱一直在原地打轉。她認為重要的事不符合公司的方針，卻又並沒有具體想做什麼。

「要不要向區域經理或是總公司反應一下呢？」

「不行不行，如果這麼做，萬一被認為這個員工不瞭解公司的理念，被盯上的話就慘了！嗯，我能夠理解開發部的意見，他們也沒錯啦。」

她這麼說服自己，但在兩天後又抱怨說「有許多年輕人都喜歡那些商品」。她只會抱怨，並沒有進一步的行動，避免和任何人發生衝突。清水雖然有煩惱，但她並沒有因此陷入困境，她的周圍總是有鳥兒拍翅的聲音。

新年過後，我們這一票將近十個二、三十歲的獵人一起去打獵。因為打到一頭山豬，所以這次的交流會很熱鬧，我運氣也很好，打到了鴨子。下午就在其中一名成員家的停車場宰殺獵物，用切下的肉和帶來的蔬菜一起烤肉。由於大部分人都是開車，只能用無酒精啤酒乾杯，但氣氛很輕鬆自在。

離開時，我分到了很多不同的肉，心情愉快地向大家道別。和這些在日常生活中完全沒有交集的人聚會很輕鬆自在，可以把找工作、和家人之間的不愉快，或是沒有答案的煩惱全都拋在腦後，盡情享受聚會的樂趣。

我開著我媽的小型車回家的路上，突然想到不知道忠成叔叔後來有沒有讓靜子嬸嬸吃到鴨肉。今天我打工請假，他一定是把龍貴帶去奶奶家，自己則久違地去顧店。既然機會難得，那就分一點肉給他。我把車子停在招牌已經亮起的酒吧餐廳前。

我從保溫冰桶裡拿出鴨肉，打開駕駛座的門時，聽到旁邊有人叫我「乃嶋小姐嗎？」，轉頭一看，清水拉起大衣的領子站在那裡，看起來很冷，她似乎剛下班。

「妳好，妳今天也來店裡嗎？」

「嗯，因為天氣很冷，所以想吃妳推薦的燉菜，但妳今天似乎比較晚，現在才準備開店嗎？」

「啊，不是，今天老闆難得來店裡，我今天休息。對了，如果妳在家裡也下廚，要不要分一些肉給妳？即使妳不吃禽鳥類，還有山豬和鹿肉，都切成了薄片，吃起來很方便。不瞞妳說，今天去參加了狩獵的聚會……其實是去打鳥，才剛回來。」

我說「打鳥」這兩個字時，突然吹來一陣風。正確地說，是清水的身體吹起一股強烈的風，不知道什麼東西發出啪沙啪沙的拍翅聲，朝著遠離我的方向逃走。我看不到任何東西，也沒有任何東西，但清水的長髮被風吹了起來，大衣的領子從肩膀滑落，好像被一股強大的力量拉扯下來。

「……咦？」

清水的劉海吹了起來，露出了白皙的額頭，她拍著自己的身體，小聲嘀咕說：「不見了。」

「什麼東西不見了？」

「沒事，咦……」
「鳥不見了嗎？」
我隨口說道，清水露出像小孩子般心虛的表情回頭看著我問：
「妳發現了？」
「當雉雞或是鴨子躲在附近草叢中時，我都會察覺牠們慌張的動靜，剛才妳身上也有相同的感覺。」
「喔。」
她重新拉好大衣的衣領，用手梳了梳頭髮，恢復了成年人的表情，微微低頭苦笑著。
「我改天再來，等妳上班時再來。」
「好。」
「晚安。」
我聽著她的靴子後跟發出的腳步聲，目送她的背影離去，走向店的後門。

兩天後，清水很早就來店裡。她像往常一樣，頭髮梳得很整齊，雖然是傍晚，但她晶瑩剔透的臉上化的妝完全沒有花掉，她在已經成為她固定座位的吧檯最深處的高腳椅上坐了下來。

「今天要點什麼？」

「先給我白葡萄酒，等一下再想要吃什麼燉菜。」

「好。」

我把白葡萄酒送到她面前，她喝了一口，然後垂眼看著泛著漣漪的表面。

她陷入了很長的沉默，就好像客人面對要去除骨頭或是外殼才能吃的料理，不知道該從何下手。我想起了加了許多海鮮的馬賽魚湯。上次她吃馬賽魚湯時也吃得很開心。

清水又喝了一口葡萄酒，然後抬起頭，撇嘴笑了笑，好像已經放棄試圖用出色的方式表達。

「我是在國中二年級時遇到了那些鳥。」

接著，她娓娓訴說起來。

國中二年級似乎是她最痛苦的時期。

清水從小就覺得自己的思考和說話的速度比周遭其他小朋友慢。讀小學時，每週五的第五節班會課都會討論班上的問題，她通常整節課都不開口。從一年級到六年級的六年期間，她從來沒有主動舉手發言，如果被老師點到名，她就會說和前一位同學的意見相同，巧妙地迴避表達自己的意見。被她提到的學生都會露出得意的表情，老師也希望討論趕快有結論，所以總是點點頭，並不會特別說什麼。清水在班上是一個文靜、不起眼的女生，很順利地融入了團體之中。

為了逮住在走廊上奔跑的其他同學，就可以在走廊上奔跑嗎？不理同學當然不好，但如果有自己討厭的人該怎麼辦？同學在班會上活潑討論的問題，在年幼的清水眼中，簡直就像以驚人的速度互丟石頭。她很納悶，為什麼大家能夠這麼快就選擇答案？為什麼能夠那麼有自信地把自己的意見丟給別人？她總是看著那些勇敢舉手表達意見的同學，覺得就像在水族館看玻璃另一側迴游的鯊魚。

但是，在她上了中學之後，發現那片玻璃突然消失了。學校開始重視個性和一貫性，要求每個學生表達自己的意見。班上有些聰明的同學會觀察周圍的人，判斷誰強誰弱，然後改變自己的態度。

國中一年級時，班上的女生分成了兩派，其中一派有許多參加運動社團的同學，另一派是愛漂亮、個性都很強的女生，這兩派勢力在班上說話都很大聲，認為運動會時的分工不公平，兩派勢力吵了起來。班上的其他女生都不發表意見，避免傾向某一派而成為眾矢之的，但清水還沒有學會如何在說話時閃避主題來保護自己。

「我覺得兩種情況都差不多，時間不多了，所以最好趕快決定。」

兩方人馬在班會課上爭執不休，老師隨口請清水表達意見，她也就隨口說出了當時腦海中浮現的想法，立刻發現教室內的空氣凝結了。

有好幾個女生馬上舉起手說：

「既然這樣，那就請清水同學負責。」

「之前從來沒有做過任何事的人，有什麼資格高高在上地發表這種意見？」

「啊，城田同學哭了。」

「她之前超拚。」

「妳最好向她道歉。」

「清水同學，妳要道歉！」

清水覺得喘不過氣，好像周圍突然沒有氧氣了，她按著胸口坐了下來。她把擔任體育股長，承受各方壓力的城田同學惹哭了。但是，清水至今仍然不知道自己為什麼成為眾矢之的。那天之後，她整天提心吊膽，盡可能不引起別人的注意，也盡可能避免被老師點到名，即使如此，每次發現自己不經意說出口的話破壞了周圍的節奏，就感到心很累。

即使迎來春天，升上了新的學年，清水仍然和班上的同學保持距離，除非必要，她不會主動和任何人說話。中午吃便當時，也假裝專心看書，獨自坐在自己的座位上吃飯。

其他同學都覺得她是一個任性冷漠的人，在她習慣獨來獨往之後，也覺得或許真的是這樣。自己個性差，腦袋不靈光，經常踐踏別人。大家可能看穿了這麼卑鄙的自己，所以才會討厭自己。

她覺得學校生活很痛苦，國中一年級時參加了吹奏樂社，但她也常常請假。她的父母開了一家洗衣店，如果太早回家，就要在店裡幫忙做事。她擔心在店裡幫忙時，會被剛好為家人跑腿的同學撞見。所以每天放學時，她第一個衝出教室，在晚餐時間之前，都在空無一人的河岸旁打發時間。

那是一條河面很寬，但水並不深的大河，水很清澈，站在橋上就可以看到水底。可能因為河裡有很多魚的關係，各式各樣的鳥都在河邊休息。天氣晴朗的時候，河面在陽光照射下，閃爍著銀色的波光，她每次腦袋放空地看著河水緩緩流向遠方，就感到很安心。

春去夏來，暑假期間，她也每天都在圖書館和河邊往返。因為沒有其他地方可去，所以就在橋下的陰涼處寫功課，膩了就拿出從家裡帶來的小喇叭吹了起來。即使發出噗、噗的聲音，經常看到的那些鳥兒也不會逃走，相反地，也許是因為熟悉了她吹的小喇叭聲音，反而似乎對她有一種親切感，好像在說：「怎麼又是她？」清水為此感到高興。

初秋的時候，一群候鳥飛來。那些候鳥似乎決定在河中沙洲的一棵大樹上落腳，總是規律地在天空飛翔，好像充滿了神奇的意志，傍晚時又同時飛回來。清水看著牠們，和看著河流時一樣感到心情平靜。她噗、噗地吹著小喇叭，然後就看著鳥兒在天空中不停地勾勒出各種圖案。

秋天慢慢過去，又到了學校運動會的季節，但清水已經不在意了。當氣溫下降，她就在制服外圍上圍巾，穿上大衣，走去一片枯草色的河邊。

為什麼自己無法像其他人一樣領會班上同學在不知不覺中建立的默契，或是應該遵守的規定？她覺得什麼也不想、只是靜靜流動的河流，以及步調完全一致的鳥，比班上的同學距離自己更近。清水看著在樹木周圍來來去去的鳥，忍不住流下幾滴眼淚。這時，她發現那些鳥以和平時不同的角度飛去。

不知道是否因為她一直觀察那些鳥的關係，清水很不可思議地發現，自己知道牠們要去哪裡，好像有一條肉眼看不到的線，把她和那些鳥兒連在一起。那些鳥兒要去比這裡更南方、水更溫暖的地方。

「不要走！」

她的腦筋一片空白，不顧一切地叫喊著。下一剎那，鳥群顫抖了一下，牠們在天空中盤旋後，像激流般飛進了清水的身體。

「隔天之後，很多事都和之前不一樣了。即使在教室內，我也完全不感到寂寞，之前完全不瞭解班上脈動之類的事，也一下子就看懂了。原本排斥我的人開始把我當成朋友，我也大致瞭解怎樣才能夠受歡迎，怎樣才不會惹人討厭。在那之後，我不曾再為人際關係煩惱，無論在哪裡，都可以建立朋友圈。」

「……真不錯。」

我坦誠地這麼認為。這種能力真的太方便了。清水皺著眉頭，勉強擠出了笑容。

「在上次被妳趕走之前，我也這麼認為。」

「啊？」

「被妳趕走之後，到牠們又重新回來期間，我難得自己思考。我已經很久沒有自己思考了。」

清水看著黑板上的菜單。

「我今天要點芹菜雞肉鍋。」

「……沒問題嗎？」

「沒問題。」

「那些鳥不會生氣嗎？」

「牠們會生氣，因為牠們不喜歡，所以那天之後，我從來沒有吃過雞肉。」

「牠們離開的話，妳會很傷腦筋吧？」

「嗯，牠們真的幫了我很多。……但是，一切都結束了。」

清水說完，用力深呼吸。她深深地吸氣，吐了一口長長的氣。

「雖然之前我最怕被人討厭，但現在我更害怕無法決定自己的事。我發自內心這麼認為。」

芹菜雞肉鍋是本店的招牌菜之一，除了芹菜和雞肉這兩大主要食材以外，還加了牛蒡絲，調味很清淡，最後用醋和麻油增添風味。食材都很有嚼勁，可以一口接一口吃個不停。

在她一臉深沉地吃著芹菜雞肉鍋時，有許多客人上了門，吃了各種料理，品嘗了各種酒，聊了各種話題後離開了。清水吃完芹菜雞肉鍋後，仍然坐在吧檯角落，平時只喝兩杯就離開的她，今天繼續默默喝酒，在我熄掉招牌燈時，她已經喝了七杯葡萄酒。

「妳沒事吧？」

我送走其他客人，問已經喝得酩酊大醉、趴在吧檯上的她，她向來都很節制，我第一次看到她喝醉。她抬起通紅的臉，微微點了點頭。

「……我、我要結帳……」

「清水小姐，原來妳有點脫線。」

「……嗚。」

「妳讓我產生了親近感。」

我扶著步履蹣跚的清水來到酒吧餐廳的二樓，二樓除了保管食材的房間以外，還有一間我和老闆懶得回家時可以睡覺的三坪大房間。我讓清水喝了水，為她解開衣服，讓她躺在被子上。我也把兩個坐墊對折後當做枕頭，躺在她的身旁。

對不起，我聽到她輕聲地說。我搖了搖頭說：

「放棄一直依賴的東西，內心一定很慌，這也是無可奈何的事。我想我們這種店的酒和好吃的料理，就是為了這種日子所準備的。」

清水閉著眼睛，什麼話都沒說。我仰望著在窗簾縫隙照進來的月光下，變成了白色的天花板。

「我從小無論在功課還是運動方面都比別人厲害，在班上也一直都屬於說話很大聲的那一群，所以覺得這都是理所當然的事。如果我在讀國中或是高中時和妳同班，一定會看不起妳，也不會和妳當朋友。」

清水沒有回答。她可能已經睡著了。我繼續自言自語。

「所以，當我發現自己無法融入社會時，我驚訝不已。到處都是煩心的事，完全看不到自己可以生存的路，但是，如果只是辭職，就覺得好像認輸了，所以覺得很丟臉，最後有了身體出狀況這個理由，才終於辭職了。即使在辭職之後，發現好像被自己絕對不會去露臉的小圈圈排斥了，內心很害怕，但更害怕自己還沒有搞清楚是什麼狀況，又跑回去當上班族。」

不知道哪裡傳來鳥兒拍翅膀的聲音，時遠時近，像海浪般包圍了我們。

「如果換成是我，就不敢放棄，所以妳決定要捨棄那些鳥，我覺得妳很了不起。」

「……我不知道明天的自己會變成什麼樣，搞不好變得很遲鈍，讓妳覺得很煩躁。」

清水剛才很安靜，但似乎聽到了我說的話。我想了一下後說：

「即使被我討厭也無所謂啊。」

「這……我不太願意。」

清水輕輕笑了笑，再度閉上了嘴。她這次似乎決定要睡覺了。

我好像也睡了片刻。

啪沙啪沙。耳邊響起了巨大的拍翅聲。

我睜開眼睛，周圍是一片昏暗的藍色。清水發出均勻的鼻息，肉眼完全看不出有任何變化，但可以感受到附近有很多動靜。

月光映照的牆壁角落，有無數隻鳥的影子。那些鳥離開了清水的身體，在天花板附近緩慢盤旋。藍色的影子晃動閃爍，被翅膀攪動的空氣顫抖著。

這完全不會令人感到不舒服，就像是巨大的風，或是巨大的河流一樣，只是力量的流動。如果喜歡，可以靠近；如果不喜歡，可以遠離。看起來就是這種感覺。也許我和清水抗拒的，其實就是這種性質的東西。

我躺在地上，雙手做出了舉起霰彈槍的動作。我夾住腋下，微微抬頭正視前方，然後輕輕彎曲右手食指。

雖然我手上並沒有槍，但確實感覺到扣扳機的感覺。

砰！巨大的聲音響起，那些鳥被嚇得飛了起來。牠們穿越天花板，從夜空中離去。牠們應該會去水更溫暖的好地方。我豎耳細聽著鳥兒飛向遠方的聲音，又再度睡著了。

天亮時，我把清水叫醒。她的臉看起來又胖又腫，她在我背後照鏡子，沮喪地說：「這要怎麼面對客人？」

「妳要不要沖個澡？促進一下血液循環，也許會好一點。」

「真的太不好意思了……」

她去附近的便利商店買了內褲，沖完澡後開始吹頭髮，準備去上班。她借用了我的乳液和隔離霜，化完妝的臉似乎和平時有點不一樣，但我不知道是因為烏離開了她的關係，還是其他原因。

我在店門口目送她去上班，雖然她的襯衫有點縐，但臉上的表情完全是成年人。她露出緊張的神情轉過頭問我：

「我看起來和之前有什麼不一樣嗎？」

聽到她這麼問，我從頭到腳打量著她。

「我也不太清楚，好像有點不一樣，但又說不上來。」

「是喔……」

「但是討人喜歡的感覺。」

清水的喉嚨發出了嘿嘿的笑聲，從玄關離開了。兩分鐘後，她一臉害羞地跑回來說，她忘了結昨晚的帳。

那天之後，清水以和之前相同的頻率來店裡。她任職的專櫃最近舉辦了各種不同的促銷和活動，吸引了許多國高中生的客人，業績也順利成長，所以她向主管提出，希望不要縮減給年輕人的商品。

「如果不行的話也就算了，到時候再想其他辦法。」

她一邊吃蕃茄雞，一邊用輕鬆的語氣說道。她的確和以前不一樣了，說白了，就是她不像以前那麼有人緣了。以前吸引各種不同類型男客人的溫暖感覺消失了，我突然發現清水其實並沒有很漂亮，但直到最後都一直在她身旁打轉的補習班老師似乎很認真地追求她，結果被她拒絕了。

她那麼有異性緣，沒想到她苦笑著告訴我：「這是第一次有人認真向我告白。是不是不被任何人討厭，也意味著不會被任何人選中？」

「可能就是沒有個性。那個老師很喜歡支配別人，或者說喜歡照顧別人。比起之前的妳，也許他更喜歡現在有點少根筋的妳。」

「拒絕他是不是太可惜了？」

「啊，原來妳並不討厭這種類型，既然這樣，為什麼拒絕他？」

「嗯。……如果我說出來，妳不會笑我嗎？」

「啊？什麼？我不會笑妳。」

已經快打烊了，清水一口氣喝完了杯子裡剩下的第二杯葡萄酒，聳了聳肩說：

「我一直對戀愛之類的事無感。因為之前身上有鳥，也許我的心思全都在鳥上，但是，我來這家店，第一次看到妳的時候，我發現那些鳥在發抖，好像很躁動。」

「……這不是因為牠們基於本能怕我嗎？」

「我想也是，但起初我並不知道這件事，搞不清楚為什麼每次看到妳會這麼躁動，會這樣心跳加速，直到最近我都一直誤以為這是戀愛……這會不會是戀愛？」

「啊？對我嗎？」

清水似乎覺得很好笑，呵呵呵笑得連後背都顫抖起來。

「是不是很好笑？」

「我還會再來。」清水帶著微醺，心情愉快地離開了。我目送她的背影離去，關掉了招牌的燈。

今天也有許多客人上門。平時總是帶孩子一起來店裡的一對夫妻，今天難得兩個人單獨前來，而且還精心打扮了一下，像情侶約會一樣喝葡萄酒。三個看起來像大學生的男生坐在吧檯前，有點裝模作樣地喝著威士忌，聊著考試可能會被當。已經退休的酒鋪老闆被認識的房屋仲介推銷房子，說是有助於節稅，他正為此傷透腦筋。清水又無厘頭地向我告白。我的嘴角忍不住上揚，一邊計算著今天的營業額。確認了冰箱裡的食物和食材狀況後，打了忠成叔叔的手機，向他報告今天的情況。

「喂……」

忠成叔叔可能在龍貴的臥室附近，他接起電話時，好像在說悄悄話般壓低了聲音。我也跟著他小聲說話，向他報告了今天的營業額和用完的食材。過了一會兒，他似乎離開了臥室，聲音也恢復了正常的音量。

「我瞭解了，辛苦妳了，那明天也拜託了。酒鋪會在四點的時候送貨過去，妳記得去收貨，還有其他事嗎？」

這時，我感覺背後有一股力量推了我一把，我還來不及思考，就已經開了口。

「忠成叔叔，下次想要向你請教一件事。」

「嗯？」

「要怎麼開店？」

一陣風吹來。既像是河流，又像是一大群鳥，有一股肉眼看不到的力量把我推向別處。

我聽著忠成叔叔說話，關掉了店裡的燈，然後看著一片漆黑、寂靜無聲的店裡。一切都在改變。清水和其他客人遲早會離開這家店，明天的我也將和今天的我稍微不同。我輕輕笑了笑，走上二樓。

悲傷的食物

雖然是四月，旋轉木馬的音樂卻是聖誕歌曲。雖然不知道那首聖誕歌曲的名字，但聽著音樂盒發出的淡淡音色，我也可以想起「Merry Christmas and Happy New Year」的副歌歌詞。那是誰唱的歌？因為有很多歌手翻唱，所以想不起原唱歌手的歌聲。

我拿起杯子，對著並不怎麼燙的咖啡吹了一口氣，想要化解眼前的沉默。裝了金色馬鞍的白馬、鼻子上的油漆已經剝落的栗色馬，以及像紅色皇冠般的旋轉木馬屋頂，還有周圍的樹木，所有的一切都籠罩在白色的霧雨中，只有我們坐的露天座位因為有陽傘的保護，所以沒有被淋溼。

走進這家咖啡店時，因為外面在下雨，所以我請燈進去室內的座位，但她想了一下後搖搖頭，指著木頭的露天咖啡座說：「這是我第一次到旁邊有旋轉木馬的咖啡店。」因為下雨而顯得有點陰暗的店內沒什麼客人，只有一個看起來像是老主顧的老婦人獨自坐在咖啡店深處的座位，正在看一本包了書套的文庫本。

我喝了一口已經變溫的咖啡潤了潤喉，看向被乳白色簾子包圍的木馬，絞盡腦汁尋找下一個話題。今天的約會超慘，原本想去遠一點的地方兜風，結果高速公路因為正在進行修補工程，導致沿途大塞車。原本想去的玻璃工藝美術館也臨時休息，我慌忙用衛星導航系統找到了觀光園區，在停車場剛停好車，就下起了雨，而且觀光重點的香草園也因為換種其他香草而關閉。今天我們從早上就在一起，但燈一直坐在狹小的副駕駛座上陪我開車。

雖說是觀光園區，但空間並不大，園內只有香草園，和目前因為不是花季而關閉的玫瑰園、本地蔬菜直賣所，以及像是後來為兒童補建的小型旋轉木馬。喝完咖啡後要去哪裡？今天一整天都毫無收穫，讓她就這樣回去沒問題嗎？還是無論如何，都該再找一個地方去玩一玩？她坐了一整天的車子，會不會覺得累了？我在思考該怎麼啟齒時，嘴唇變得僵硬，就無法開口了。我看著坐在圓桌對面的燈的側臉，她雙手捧著還剩下半杯可可的杯子，背靠在椅子上，用輕鬆的姿勢注視著旋轉木馬，嘴唇微微綻放笑容。

我順著她的視線，再次看向霧雨中的木馬。剛好有一對父女走向旋轉木馬，父親遞了三百圓給工作人員，把應該還沒有讀小學的女兒抱上白馬。撐著紅色雨傘的母親拎著露出蘿蔔葉的塑膠袋，在旋轉木馬旁等他們。他們應該是來這裡買蔬菜。燈飾更明亮了，夢想的木馬隨著「Merry Christmas and Happy New Year」的歌聲快速奔跑。那個女孩表情嚴肅地抱著木馬的脖子，坐在旁邊馬車上的父親一臉愉快地注視著女兒的側臉。當旋轉速度加快時，紅色皇冠發出了蜜色的光。

「我很喜歡旋轉木馬。」

燈用像雨聲般安靜的聲音小聲說道。我很感謝她提供了話題，附和說：

「等一下要不要去坐？雖然有點害羞。」

「不用了，我喜歡呆呆地看著這種熱鬧的東西，自己坐會感到心神不寧。」

是嗎？我忍不住偏著頭，覺得她這句話聽起來很悲傷。

燈一臉愉快地看著旋轉木馬，咖啡和可可都完全冷掉了，但周圍的空氣就像蓋上薄毛毯般舒服。原來也有這樣的沉默。我忍不住在心裡嘀咕，重新注視燈的側臉。如果問我她是不是美女，我也不太清楚。她眼睛很大，但眼皮是有點浮腫的單眼皮，鼻子的形狀也很圓。整體看起來很瘦，染成淡棕色的頭髮剪成偏短的鮑伯頭，看起來有點中性，臉上的妝容也很淡。我之前都被長髮、豐滿，看起來很亮麗的女生吸引，她算是和我喜歡的類型完全相反。但也許我喜歡的是她喝可可的瞬間，低下頭時，臉上浮現的那種難以形容的恬靜感覺，就像是獨自走完漫長的小徑，翻山越嶺，走過河川，終於見到了尋尋覓覓的人，也像是星星落在手掌上，這種幸福的預感，讓冰冷的指尖漸漸溫暖起來。

我在時下流行的料理教室聯誼時認識了她。料理是我的興趣，能夠讓我擺脫工作的緊張，所以我也能夠輕鬆地參加聯誼。燈一下子不知道怎麼用菜刀，一下子不知道怎麼處理魚，我在幫忙她後，兩個人也熟悉起來。第一次約會時，我們在下班後約了一起吃晚餐，第二次相約一起去看晚場電影。今天的第四次約會，我發現自己慢慢地，以和旋轉木馬相同的旋轉速度被燈所吸引。

歡頌平安夜的旋律越來越小聲，旋轉速度慢下來的木馬變成了被雨淋溼的木製品。她好像從夢中醒來般喝著可可，我注視著她，僵硬的嘴唇吐出了一句話。

「回家的路上要不要去買甜甜圈？」

「甜甜圈？」

「對啊，第一次見面時，妳不是在自我介紹的單子上寫，妳很喜歡吃麵包嗎？雖然會繞一點遠路，但我想起附近有一家店用豆渣做的甜甜圈很好吃，之前電視上也介紹過。我想用導航系統搜尋店名，應該就可以知道在哪裡。」

「麵包……喔，對喔，你竟然還記得？」

燈有點害羞地笑了笑，放下了喝完可可的杯子。我盡可能假裝不經意地牽起她的手站了起來。我第一次摸她的手，發現她的手很冰，像陶瓷一樣光滑。

接下來的五個月，我們越走越近，燈的公寓租約剛好到期，於是我們就一起租了新的房子開始同居。位在租賃公寓四樓的房間有一個開放式廚房兼餐廳，還有四坪大的和室、三坪大的西式房間，房租並不貴，而且站在陽台上就可以看到多摩川沿岸的櫻花樹。房屋仲介說，春天的時候，不用出門就能夠賞櫻。這句話讓我們下了決心，決定租下這個房間。

「透，我可不可以提一個要求？」

在堆積如山的紙箱終於都拆完的晚上，我們用啤酒和葡萄酒慶祝彼此的努力，燈從公事包裡拿出一張紙，口齒不清地繼續說了下去。

「透，我想拜託你一件事。我不會提其他任性的要求，但希望你可以答應我這件事。」

「妳說得太誇張了，什麼事？」

「你可以為我做這個嗎？只要偶爾做給我吃就好。」

她遞給我一張做麵包的食譜。上面是手寫的文字，不知道是不是從筆記本上影印下來，字的背後有淡淡的橫線。標題是「毛豆起司麵包」，看製作步驟，並沒有很難。只要把高筋麵粉和雞蛋等材料放進燈在搬家時帶來的麵包機發酵後，把冷凍毛豆放進去分成小塊，再進行二度發酵，最後撒上起司，放進烤箱就完成了。我對自己靈巧的雙手很有自信。

「好啊，那我就來做。」

「太開心了。」

「妳很喜歡這種可以當下酒菜的麵包。」

「因為我小時候經常吃，只要有這種麵包，我就會感到很安心。」

這就是所謂媽媽的味道嗎？既然是經常吃的麵包，口感很清爽的鹹麵包比紅豆麵包之類的甜麵包更適合。她央求我做麵包給她吃，感覺像小孩子的願望，讓我覺得有點害羞，我咬住了臉頰內側，避免自己笑出來，然後把那張食譜對折後，放進廚房的抽屜裡。背後傳來她有點興奮的聲音。

「你也可以提一個要求。」

「我嗎？不用了。」

「不管是多無厘頭的要求都可以。」

無厘頭的要求？我遲遲想不到有什麼要求，打量著還不太有生活味道的房間。剛組合好的書架上，所有的書都按照書背高度整齊地排列。書架總共有三層，第一層是我們分別帶來的漫畫，中間那一層是我因為喜歡而蒐集的推理小說，最下面一層是燈訂閱的生活情報雜誌。我打量著五顏六色的書背。

「那我們要不要每個月找一個假日去圖書館？」

我喜歡和她在一起不說話的感覺，但直接說出來太害羞了，所以我用這種方式表達。燈瞪大了眼睛，露出了「你只提這種要求？」的表情，然後點了點頭。

我想製作有形的東西。這是從學生時代開始，在我體內像河水般流動的一種衝動。那條河的水量並不豐沛，我並沒有崇拜哪一位建築師，也沒有什麼明確的故事決定了我的這種志向，只是我在面對各種選擇時，對有形東西的某種隱約的好感就會在我耳邊細語：「我想做這個」、「感覺這比較好玩」，告訴我該選擇的路。學生時代的文化節活動時，我每次都是做幕後工作，在搭建鬼屋或是演舞台劇用紙板箱做布景時，我都會主動舉手。打造以前這個世界上沒有的東西，讓它們有了具體的外形，就可以吸引他人。「高嶋，你的手真巧。」「啊，看起來真的很像城牆。」「供養死者的卒塔婆*的顏色是不是該更深一點？」在不斷累積類似的經驗後，漸漸有了想要製造很大的東西的願望。越大越好。

我從大學工學院畢業後，因緣際會進入一家主要生產升降機的公司。升降機有許多種不同的類型，從電梯到表演會場的升降舞台、懸吊設備，以及家庭電梯，那家公司生產所有載物升降的機械。

我被分配到規劃部，第一個參與的工作就是一棟六層樓公寓的電梯。在前輩的嚴格指導下，經過一次又一次修正，看到紙上的設計終於立體地呈現在眼前的那一天，我興奮不已，明明沒有事，卻一直在剛建好的公寓周圍走來走去，看著住戶從入口走進去公寓的背影。之後又畫了車站、醫院、安養院，以及很多普通公寓的電梯圖。

我三十歲時，第一次有機會接「大房子」的案子，那是為坐落在澀谷最熱鬧區域的劇院設計舞台地板，劇院委託我們製作將演員或道具推向舞台的升降平台。考慮到是在表演時使用，運轉的噪音必須比普通的電梯更小，而且必須提升停止時的精確度。雖然這些要求讓我傷透了腦筋，但最後順利完成，當我身為工作人員之一參加劇場的峻工儀式時，我充分感受到幸福，覺得自己的身體膨脹得像整個劇院那麼大。如果說，建設公司建造了建築物的外殼，就像是人類的骨骼和肌肉，我們這種生產設備的公司製造的就是內臟器官。兩者合在一起，才能夠成為發揮功能的巨大生物。

*編註：日本的一種佛教化供具，用於祭祖、祭亡、布施餓鬼或莊嚴道場之用。

「我曾經做過那個劇院的案子，就是目前在演《茶花女》的那個劇院。」

雖然不同的時期表演的劇目不同，但無論對老家的父母、好久不見的高中同學，或是聯誼的對象這麼說，大家都會恍然大悟地點頭，有時候也會聽到「好厲害」的稱讚。我可以輕而易舉地讓別人知道我做的工作，以及在建造多麼巨大的東西。人盡皆知的龐大建築不需要更多的說明。

劇院完成至今已經四年，我目前正在設計即將在原宿開幕的一家三十層樓飯店的客用電梯，我已經畫好了規劃圖，進入在工廠監督製造的階段。

在大部分工作人員都已經回家的深夜，我打量著在工廠角落試做的長一百四十公分、寬一百三十五公分，可以承載七百五十公斤重量的電梯樣品，想像著這個箱子會快速升到一百公尺高處。電梯周圍使用了玻璃，因為飯店方面提出「希望可以讓客人享受好像飄浮在半空中的感覺」，而且飯店方面還希望讓客人可以看到星星，所以頂部也使用了玻璃，當初為了電梯門的開關裝置要放在哪裡想破了頭。

「你一個人在笑什麼？」

身穿工作服的製造主任岡部摸著臉上的鬍碴，走過來問我。他進這家公司有十五年的資歷，經驗很豐富。我剛進規劃部時畫的規劃圖錯誤百出，他經常指出我的問題，我在他面前至今仍然抬不起頭。他帶著兩名剛進公司不久的年輕下屬，不知道是否是來確認樣品。他一隻手遮住了上揚的嘴角，我窘迫地移開了視線。

「我才沒有笑。」

「你在這裡剛好，我有事想確認。今天追加了裝上輪椅族用操作面板的要求，是沒有問題，但因為全都是玻璃，所以電線不是全都看得一清二楚嗎？對方知道這件事嗎？」

「那裡會裝專門藏電線用的盒子，目前已經請設計部提出了幾個設計方案，只要飯店方面同意，我就會把修正的規劃圖交給你。」

「該不會之後又提出要裝給老人用的扶手吧。」

「這件事已經確認過了，只要增加操作面板而已。」

岡部連續點了幾次頭，在手上的資料上寫了起來，然後轉頭看著身後的兩個年輕人，向他們說明如何將油壓組件裝在眼前的電梯上。兩個年輕人在做筆記後問了幾個問題，岡部回答了他們的疑問。

我聽著他們三個人的對話，突然有一種莫名的焦慮，感覺到自己的呼吸變得急促起來。那兩個年輕人說話的速度很快，我有點聽不清楚他們說話的聲音。而且一個人在發問時，還沒有問完，另一個人又急著發問，說到一半又自己找到了答案，自問自答起來，說話的內容也缺乏一貫性。然後又問了油壓組件的種類、配置方法的問題。為什麼這次不採用鋼索式？全玻璃電梯的耐震性沒有問題嗎？什麼？法律改了嗎？但上次部長還是這麼說。原來站在不同的角度，就會有不同的解釋。對了，生產這個組件的工廠換了一家吧。沒錯，沒錯。他們說話像開機關槍，我很佩服岡部竟然有辦法應付。原本我打算向他們追加說明我負責設計的部分，但他們三個人說話跳來跳去，我費了九牛二虎之力才能夠跟上他們的速度，遲遲無法開口，有時參加發言踴躍的會議，也會遇到。和說話節奏不對盤的人在一起，即使一對一也會發生這種找不到表達意見時機的情況。

「你有沒有什麼要補充的？」

岡部突然問我，我眨了眨眼睛。如果他在十秒之前這麼問我，我剛好有話想說，但現在沒必要特別提起。我遲疑了一秒鐘，可以感覺到原本像三顆雜耍般丟得很順暢的球，到我手上後就停了下來。我動作生硬地搖了搖頭，好不容易擠出「沒什麼特別需要補充的」這幾個字。岡部輕輕點了點頭，然後對那兩個年輕人說了聲「要好好複習」，就讓他們離開了。我以為岡部也要離開，沒想到他留在原地，看著電梯樣品。

「聽說你要調去新部門？」

他不經意地問，我猜想他在找機會問我這件事。

這幾年，公司除了升降機以外，積極拓展其他生產領域。雖然不知道是否會如傳聞所說，會成立新的部門，但前幾天聚餐時，規劃部的上司的確拍了拍我的肩膀說：「你要做好準備。」

「是，但還沒有決定。」

「你想去嗎？」

「不管我想不想去，都是上面決定的事。」

「你還真乾脆啊，你不會捨不得升降機嗎？」

「不……我喜歡巨大的建築，雖然也很想製造水壩的電梯。」

「嗯，做那種大建築物的機會並不多。」

「是啊，所以……該怎麼說，雖然沒有機會做過水壩，但也曾經參與過小有名氣的大建築，所以內心覺得這樣也好。」

「原來是這樣。」

我們之間陷入了舒暢的沉默。岡部又抓了抓脖頸，從夾克口袋裡拿出兩罐咖啡，把其中一罐遞給我。

「不要隨波逐流，無論被調去哪個部門，都要努力引導趨勢。」

「什麼意思？」

「就是叫你不要愣頭愣腦。辛苦了，我先下班了。」

他向我揮著手，身穿夾克的背影漸漸離去。

我愣頭愣腦嗎？我在手掌上把玩著他送我的那罐咖啡，關掉了工廠的燈。

我去松屋買了牛肉飯和味噌湯回到公寓，房間很暗。我以為燈先睡了，但臥室也不見燈的身影。她每個星期五晚上都會加班。對其他工作的人來說，星期五晚上是一個星期中最幸福的時間，卻是服務業最忙的時候。我今年三十五歲，她比我小五歲，在澀谷車站前一家年輕人取向的服裝店當店員。由於我們回家的時間不一樣，所以晚餐大部分都是各自吃。洗衣機裡有不少髒衣服，我開始洗衣服，然後坐在和室的矮桌前吃牛肉飯。打開啤酒的拉環，又打開電視，用遙控器轉台時，剛好看到在實況轉播足球比賽，於是就停了下來。

晚上十點多，燈還沒有回家。因為我無事可做，於是就從廚房的抽屜裡拿出那張食譜。材料是高筋麵粉、砂糖、鹽、雞蛋、奶油和酵母粉，最後還有冷凍毛豆和起司。雖然我微醺的臉頰有點熱，但還是去了營業到深夜的超市，買了材料後，看著麵包機的說明書，按照食譜上的分量，把麵粉和奶油放進長方形容器中。只要把毛豆放在麵包機上方附蓋子的投料盒，在麵糰揉好後，就會自動混合。同樣身為製造機械的人，不禁覺得這種設計太優秀了。準備就緒後，按照食譜完成了第一次發酵之前的工作，然後按下了開關，麵包機就發出了嗡嗡聲。

我配著剛才去買材料時順便帶回來的義式香腸又喝完一罐啤酒，把洗好的衣服掛在窗簾軌道上，洗完澡後，聽到廚房傳來了嗶嚕嚕嚕好像老鷹叫聲的電子聲。

一打開蓋子，甜中帶苦，好像酒精蒸發的味道撲鼻而來，麵糰膨脹成原本的兩倍，夾了一些毛豆的綠色褪去後的白色物體。蓬鬆的質感讓我忍不住伸出手指戳了一下，覺得好像含了大量溫水的麻糬，這種陌生觸感讓上手臂有點癢癢的，柔軟到令人不安。我按照食譜，在乾砧板上撒上麵粉後，再把蓬鬆Q彈、快要從手上滑下來的麵糰放在砧板上。

我費了很大的工夫，用黏呼呼的切菜刀把麵糰切成八等份時，玄關的門打開了。「我回來了。」燈嘆著氣，發出了疲憊的聲音。

「妳回來了。」

「啊，麵包的味道。」

「是啊，明天休假，所以我想試做看看。」

食譜上寫著要把麵糰揉成圓形，我就像做飯糰時一樣，把麵糰放在手上滾動，但切口的地方黏在手掌上，無法順利揉成圓形。燈拿下披肩後，在一旁踮起腳，探頭看了過來。

「太厲害了！你做的麵糰很成功。」

「是麵包機做的。」

「這樣揉會比較輕鬆。」

燈洗完手後，在手上撒了些麵粉，然後拿起切下的一片麵糰，移到撒了很多麵粉的手上，接著把手指張開成碗形，好像握滑鼠一樣輕輕放在麵糰上。手一直維持碗的形狀，緩緩畫圓，讓麵糰在手掌中滾動。在我手上完全不聽使喚的麵糰漸漸失去了稜角。

「只要稍微收起手指，麵糰就會進入內側。」

「妳好會揉。」

「有嗎？」

「妳自己也常做嗎？」

「我很少做，我喜歡別人做給我吃。」

我用生硬的動作揉著麵糰，突然發現燈說話的聲音很清晰。也許我欣賞的是她那種既不會太高，也不會太低，有點沉穩的說話方式，聽她說話不會焦慮，心情可以很平靜。這是不是所謂的緣分？將麵糰塑形後再靜置十分鐘，撒上起司後，放進了預熱過的烤箱內。刺鼻的酵母味漸漸變淡，飄出了小麥的香氣。在十二點整時烤出了金黃色的麵包，我和沖完澡的燈站在廚房各吃了一個剛出爐的麵包。

好吃。燈瞇起眼睛，好像金魚一樣小口咬著麵包。雖然她很滿意，但我覺得裡面太硬了。是不是麵糰揉過頭了？我拿起食譜，重新看著步驟。燈說要把剩下的六個放進冷凍庫，晚回家時可以當宵夜吃。我沒有理由拒絕，就點了點頭說：「好啊。」

之後，燈幾乎每天都會吃一個解凍後變得很鬆散的麵包。吃麵包的時候，她既不看雜誌，也不聽ＣＤ，只是淡淡地咀嚼著。我覺得她並不是因為好吃，也不是因為是男朋友做的，所以才吃，在她周圍有一種麻木的感覺。

「真的好吃嗎？」我忍不住問。

「嗯。」燈用像小孩子般的動作點著頭。

隔週星期五，我發現冷凍庫裡的麵包已經吃完了，我問燈：「還要再做嗎？」戴著暗紅色圍巾配暗紅色靴子的她在門口轉過頭，面帶笑容地央求說：「我希望你做給我吃。」回家後，我在揉麵時提醒自己不要把麵糰揉過頭。第二次做得很成功，外皮咬勁十足，裡面蓬鬆柔軟。燈對家裡有麵包味感到樂不可支，然後我們又高興地把吃剩的麵包放進了冷凍庫。

日子一天一天過去，秋天結束了，街頭吹起了乾乾的冷風。我在生產電梯的同時持續烤麵包，而且技術也越來越好。因為我已經很拿手了，所以向燈提議，偶爾要不要放其他食材，燈每次都很乾脆地搖頭說：「我只想吃這種麵包。」

十二月底，燈位在八王子的老家要舉辦搗年糕會，也邀請我們一起參加。聽說都是她的阿姨、姨丈，和他們的孩子參加，也就是她媽媽娘家的親戚。燈難得興奮地拉著我的手說，男丁去那裡會很受歡迎。

那天早上，燈花了兩個小時挑選回老家時要穿的衣服。她雙手分別拿了兩件針織衫，輪流放在胸前問我，你覺得哪一件比較好看，但我根本看不出兩件衣服有什麼不一樣。

「都好看。」

「你覺得哪一件看起來像是好好過日子？」

「好好過日子？」

燈的雙手分別拿著白色V字領，和深藍色圓領，領口有金色刺繡的兩件針織衫。兩件針織衫的輪廓都很清爽，感覺很清涼，和她平時上班時穿的那些鑲了毛皮或是釘了鈕釦、主張很強烈、帶有鄉村味的衣服很不一樣。

「妳為什麼要在意這種事？」

「我那些阿姨對別人穿的衣服很挑剔。」

「什麼意思？我也要刻意打扮一下嗎？」

「喔，我已經幫你準備好了。」

燈從洗衣店的紙袋裡拿出套了塑膠袋的條紋襯衫和西裝褲。兩件都是新買的，很合身，沒有任何裝飾，看起來很清爽。最後，她選了白色針織衫配橄欖綠的及膝裙。她在鏡子前確認了半天，最後說了聲「好」，為自己打氣。

我們在東京車站換車時買了伴手禮，然後搭上中央線。有人開車到八王子車站來接我們。一個身穿卡其色運動夾克的高大男人靠在小型廂型車上，向我們舉起一隻手。他的年紀應該和我差不多，眼尾有魚尾紋。

「嗨嗨，我在這裡。」

他是我表哥阿徹。燈小聲對我說，抓著我的手肘，走向車子的方向。那個男人對燈笑了笑，立刻向我伸出一隻手說：

「我是徹夫，很高興認識你。」

「很高興認識你。」

「他很帥啊，這下阿姨們沒辦法太平了。」

「阿徹，那你要幫他解圍。」

徹夫的車子後車座上綁著白色兔子娃娃，那是幼兒用的玩具，搖晃時，裡面的鈴鐺會發出輕微的聲音。坐在副駕駛座上的燈問徹夫，玉枝姊今天有來嗎？徹夫在發動引擎時回答說，有來啊。

燈的老家在離車站十五分鐘車程的住宅區，但周圍還有一些農田。好幾個男人已經在她家的院子裡吆喝著舉起木杵搗年糕，周圍有幾個小孩子相互追著跑。跪在木臼旁翻年糕的大肚子男人就是燈的爸爸。他似乎已經喝了酒，紅著臉，心情愉快地向我打招呼。

「你大老遠來這裡，先去放行李，好好休息一下。」

站在通往客廳的長椅上，立刻聞到了很像是米果味的淡淡甜味，就像是鄰居家的味道。坐在暖爐桌旁搓年糕的四個中年女人一看到我，就七嘴八舌地叫了起來：「啊，小燈的男朋友！」正在後方廚房的女人聽到她們的歡呼聲，也拿著湯勺探出頭。我還來不及向她們打招呼，一個中年女人就抓著我的手臂，說著「外面很冷吧」，硬是把我拉進暖爐桌。你終於來了，之前說了好幾次，小燈就是不用電子郵件寄你的照片回來。要不要吃仙貝？啊，還是喝酒比較好？你在哪裡上班？你是哪裡人？喔，是茨城人啊。咦，貴子的老公不也是茨城人嗎？對，沒錯，就是那個廢物老公。對了，隆二的老婆今天沒來嗎？上次我罵了她一頓，她還在記仇。透，你是在哪裡認識小燈的？啊喲真是的，竟然是聯誼啊！真是的，太猛了。她在那種地方表現得怎麼樣？

在揉年糕組中第二聒譟、嘴唇很薄的女人就是燈的媽媽。燈的媽媽是四姊妹，四個人長得很像，簡直就像是四胞胎，我漸漸搞不清楚誰在說話、她們到底在討論哪一個話題。剛才從廚房探出頭的女人看起來才二十多歲，可能是徹夫的太太。

我被尖銳的說話聲吞噬，不經意地回頭看向院子想要求助。徹夫剛好從別人手上接過木杵，燈正在和她爸爸說話。

啤酒不停地倒進我手上的杯子，伸進暖爐桌下的雙腳暖呼呼的，很容易喝醉。我立刻拒絕說：「我酒量不好，不能再喝了。」那幾個女人頓時齊聲大笑起來。

「看吧，小燈看男人果然有眼光。」

「她找對人了。」

「她看著媽媽的失敗長大。」

「因為我一直叮嚀她啊。」

「她選了不會外遇的男人。」

「是啊。」

我完全聽不懂她們在說什麼。我似乎滿臉困惑，四姊妹中的其中一人甩著手向我說明：

「啊喲，雖然這種事不該對今天第一次見面的人說，反正啊，院子裡的其中一個男人，之前因為喝酒壞事，在外面有了女人。腦子不清楚，去當了火山孝子，被騙得團團轉。」

「被那個女人編的故事騙了。」

「透，你也要小心，強悍的女人不好惹。」

「今天他也不想聽我們數落，所以一早就喝醉了。」

四雙帶著嘲笑的眼睛都看向捧著搗好年糕的燈爸爸。我坐立難安，喝著已經沒有氣泡的啤酒。我很想逃走。正當我閃過這個念頭時，通往院子的玻璃門打開了，燈探頭進來。

「又有新的年糕搗好了，麻煩妳們了。」

「燈，妳去廚房幫忙小玉，冰箱裡有麴漬蘿蔔，妳去切成厚片。」

「好。」

燈走過我身旁時，好像突然想起來似地對我說：

「透，阿徹說他手臂開始痛了，叫你去接手。」

「啊，好。」

「啊喲，透，好好加油。」

「小心別打到木臼邊緣，會有木屑掉下去。」

我逃到院子裡回頭一看，四個女人笑著撕開熱騰騰的年糕，好像已經忘記了我的存在。

「你終於解脫了嗎？」

徹夫苦笑著向我招手，我加入了搗年糕組。這裡仍然和剛才一樣，男人們輪流拿起木杵搗年糕，木臼旁放著炭爐，正在烤魷魚乾當下酒菜。目前是燈爸爸拿著木杵搗年糕，不知道四姊妹哪一個人的丈夫負責翻年糕。在響起規律搗年糕聲的院子內，接過酒杯和魷魚腳，終於鬆了一口氣。

「這些女眷真熱鬧啊。」

「對不對？所以大家都逃出來了，只要露一下臉就可以了，搗完年糕時，那些阿姨也醉得差不多，就會安靜下來。在她們喝醉之前，你就別再進去了。」

「不知道是不是已經有點醉了，還說起了外遇的事，聽得我心驚肉跳。」

我壓低聲音對徹夫說。因為我想搞清楚這個家族的人，到底怎麼看剛才讓我大吃一驚的事。

徹夫瞥了一眼正在搗年糕的男人後背，混在「嘿呀」、「吼喲」的吆喝聲中，小聲地對我說：

「她們逢人就說，只要有可能成為新的家族成員的人，一個都不放過。她們可能想要讓新人瞭解這個家族的種姓制度吧。」

我大驚失色，說不出話。啪答、啪答黏膩的搗年糕聲淹沒了我們的沉默。徹夫喝了一口冰酒，繼續說了下去。

「那已經是十五年前的事了，沒想到吧？她們說得就像是昨天發生的一樣，完全不打算忘記這件事。」

他的聲音帶著驚訝。

「是啊。」我點了點頭，然後發現除了外遇的事以外，我並不記得她們還說了什麼。耳朵內側好像仍然有嘰嘰喳喳的鳥叫聲。

「但是燈好像很喜歡這個家，所以我也想努力融入。」

「她這麼對你說嗎？」

「她雖然沒有說過，但央求我經常為她做麵包，我猜想應該是她媽媽經常做給她吃的麵包。」

徹夫沒有馬上回答，我感到納悶，轉頭看著他，發現他一臉驚訝地看著我。

「毛豆麵包嗎？」

「你也知道嗎？」

徹夫微微皺起眉頭。

「她真是傻，還在吃嗎？我以前讀書的時候，經常用冰箱裡剩下的毛豆為她做這種麵包。那剛好是她爸爸發生那件事的時候，家裡很不平靜，燈為了逃離家裡的爭吵，躲在我的宿舍，所以……」

我發現從見面開始就說話很乾脆的他第一次吞吞吐吐，我想我今天不該來這裡。無論在房子內還是房子外，都是不愉快的事，難道我在燈的要求下，一直為她做充滿她和初戀對象回憶的麵包嗎？我喝了一小口被掌心的溫度加熱的日本酒。周圍的聲音一下子遠離，感覺很舒服，也聽不到徹夫滔滔不絕的玩笑話。

滿頭大汗的燈爸爸笑著把木杵交給我。為什麼這個男人被自己的老婆貶成那樣，還可以嘿嘿笑著過日子？簡直是鬧劇。那些就像有著彎曲鳥喙的肉食鳥般的女人說的事，以及徹夫告訴我的麵包由來，今天所有看到的、聽到的都像是一齣蹩腳的戲。旋轉木馬無聲地在我腦海中旋轉。那一天，我的確認為她是我的真命天女，難道對她來說，解救她脫離不幸境遇的真命天子，是這個身材高大的表哥嗎？因為血緣關係太近，所以最後放棄了嗎？這種像三流電視劇的廉價想像，才是真正的鬧劇。

隔著木杵感受到柔軟的年糕，很像做麵包時的麵糰，讓人覺得生氣。我帶著內心的煩躁，用力揮下木杵，周圍響起了「喔」的歡呼聲。

男人抱著最後一次搗好的年糕走進屋內。徹夫說的沒錯，圍坐在暖爐桌周圍的女人都醉得差不多了，個個都安靜下來。這時，又搬來一張和暖爐桌相同高度的桌子，將揉成丸子狀的年糕、裝在盤子裡的納豆、蘿蔔、砂糖、醬油和黃豆粉放在一起。桌下有一排將近兩公升的瓶裝日本酒，燈和玉枝從廚房端來滿滿的筑前煮和醬菜。這時，四姊妹中的一人站了起來，炸了很多據說是做生意用的竹筴魚和魷魚，肉質都很厚實。在裹了麵衣後，炸成金黃色的竹筴魚和魷魚上滴幾滴酸橘汁，再撒上鹽，好吃得簡直像在做夢。小孩子都纏著自己的父母，個個都玩累了，按照年紀由小到大，一個一個睡著了。大人高興地喝著酒，個個紅了臉。這是幸福的、美麗的景色。燈爸爸無憂無慮地聊著自己支持的球隊出色的戰果。

但是，一旦意識到之後，污水淡淡的臭味就無法從鼻腔消失。這一大家子人的強弱、發言權、話題的禁忌、不經意的嘲弄，以及不時垂向桌面的疲憊雙眼。燈在這片熱鬧的外圍，事不關己地持續微笑著。

酒過三巡夜已深，向他們道別「明年也請多指教」，然後叫了計程車，離開了燈的老家。搭末班車一路搖晃，相互攙扶著回到家裡時，已經凌晨一點多了。兩個人都累壞了，沒有去洗澡，坐在沙發上發呆。

「我以後不再做麵包了。」

我鄭重向她聲明。燈低著頭，眼淚撲簌簌地流了下來。

「你不要說這種話。」

「我才不想當別人的替代品，妳叫發明者徹夫幫妳做不就好了嗎？」

「如果沒有那個麵包，我就會死。」

她輕易把死掛在嘴上的幼稚讓我心浮氣躁地閉了嘴。燈急促呼吸著，娓娓說了起來。

「對不起，我明知道你討厭那種地方還帶你去，但我不想一個人回去那裡。」

「妳明知道我會討厭，還帶我去嗎？」

「因為以後可能會成為家人。」

「家人。」

家人是什麼？難道有義務分擔活了半輩子累積的污泥嗎？我覺得燈說的話根本沒有主軸，只是不加思索地重複別人的陳腔濫調。

「那個麵包到底是怎麼回事？」

沉默很漫長，燈的下唇留下了齒痕。

「那是我小時候，阿徹做給我吃的。」

「我聽說了，妳有一段時間離家出走。」

燈看著自己的膝蓋，繼續說了下去。

「那時候阿徹還是大學生，所以可能無法接住我。起初說我很可憐，也聽我訴苦，做飯給我吃，我媽打我的手機時，他也會幫忙接電話，但是之後他就漸漸不回家，只是留錢給我。」

遠處傳來電車的聲音，應該是電車駛回機廠。寂靜中高聲唱著喀噹、喀噹的聲音。

「阿徹那時候在麵包店打工，偶爾回家時，就會向我道歉說對不起，然後做很多那種麵包。因為我第一次住在他宿舍時，對可以在自己家裡烤麵包很好奇，顯得很高興。」

吃著麵包，就會覺得很安心。燈繼續說了下去。

「有一種兩隻腳終於站在地上的感覺，就會想起這個世界就是這樣，即使有痛苦的事，也不會感到太難過。」

「冷凍起來嗎？」

「啊？」

「那時候的麵包也放在冷凍庫嗎？」

燈納悶地偏著頭，然後點了一下頭說：「對。」

難道她和她母親一樣，挖舊傷可以感到安心嗎？持續回想最痛的瞬間，始終不忘記。也許是想忘也忘不了，內心的天人交戰沒有終點。在燈的老家感受到的污水臭味再度飄過鼻尖。那是令人討厭、難以忍受，卻又無可奈何的臭味。

讓我考慮一下。說完，我從沙發上站了起來。

年後的第一個上班日，董事長在朝會時公布了將在三月成立的新事業部門的名稱。遊戲機械事業部。我們公司過去曾經接過幾次座位上下高速移動，也就是所謂自由落體系列的驚聲尖叫遊樂設施的案子，今後打算在此基礎上繼續投入製造咖啡杯、旋轉木馬和摩天輪等旋轉型遊樂設施，最終目標是希望能夠生產遊樂園內所有遊樂設施。大家聽了董事長的雄心壯志，紛紛鼓掌叫好。

果然不出所料，兩個星期後的調職事先通知日時，設計部的主管找了我，希望我可以調去新事業部門的旋轉型遊樂設施設計室。我面帶微笑地鞠了一躬，表達了了無新意的感想。我很高興，這是很值得挑戰的工作。岡部說的沒錯，我這個人真的一直愣頭愣腦。參與巨大建築物的案子為什麼那麼高興？對自己來說，那到底是怎麼回事？我還沒有搞清楚這些問題，夢想的時間就畫上了句點。

回家的路上，在毛毛細雨中，我再次走向自己曾經參與的澀谷那個劇院。看了入口處的告示，目前正在上演《綠野仙蹤》。不知道是否因為是星期五晚上的關係，即使站在外面，也可以看到劇院一樓的法國餐廳人滿為患。年輕的情侶和攜家帶眷的客人圍在餐桌旁談笑風生，我在附近咖啡店的二樓座位，眺望著燈光映照下的圓形外觀。

巨大的建築、美麗的建築，只要說出名字，就無人不知的建築。我是不是發現只要參與這些建築的案子，就可以避免某件自己不擅長的事？和岡部聊天時，我不加思索地說自己想參與水壩的案子，但如果已經完成了水壩的電梯，我又會怎麼回答？

回到家時，發現窗戶內難得亮著燈光。我想起燈之前因為新品上市促銷期，假日去加班，所以今天補假。我打開門，對著室內叫了一聲「我回來了」。

燈正在客廳用手機講電話，她轉過頭，動了動嘴唇，無聲地對我說：「你回來了。」然後又對著電話說：「沒關係，所以橫濱分店有庫存嗎？」她站了起來，走去盥洗室。我把被雨淋溼的西裝掛在衣架上，用乾毛巾擦著雨水。燈的聲音不時傳入耳朵。

也許是因為工作的關係，燈說話的聲音和平時在家與我聊天時很不一樣。如果說，她平時的聲音像小心翼翼地排列一顆顆圓石，現在的聲音就像是把石頭滾向一定的方向，同時要求對方也保持這樣的速度。

掛上電話後，燈走到我身旁，又說了一次「你回來了」，然後用雙手環住了我的腰。個子嬌小的她做這個動作時，她的腦袋剛好卡在我下巴下方。我用下巴頂著她頭頂上的髮旋，她笑著說很痛，說她要反擊了，用手打著我的胸口。

「你的身體很冷，外面很冷嗎？」

我點頭回答了她的問題，突然想到我們並不是合得來，而是她一直在暗中配合我的速度。

「我問妳，妳為什麼覺得我會討厭妳老家？」

燈眨了眨眼，微微偏著頭說：

「因為你不是不喜歡說話速度很快的人嗎？我家的親戚說話都像在開機關槍。」

「妳怎麼會知道？」

「這種事，我當然知道啊。」

燈覺得很好笑地笑了起來，摸著我的頭。「我就是喜歡你慢慢說話的感覺。」說完，她輕輕撫摸我的髮根。

深夜時打開窗戶，發現外面仍然下著雨。溼涼的空氣包圍、洗滌了悶熱的和室內部。燈趴睡在床單上，我伸手正想為她有些雀斑的後背蓋上毛毯，發現她並沒有睡著。她的眼中映照著路燈，緩緩眨著眼。我把食指放在她的臉頰上，她閃亮的雙眼看向我。我把指尖伸進她微啟的嘴唇，她可能想睡覺了，並沒有任何反應。我的指尖碰到了她的牙齒，輕輕推開她的牙齒，把指腹放在她溫暖、粗糙的舌頭上。

這些年來，她看了什麼，想了什麼，又吃了什麼。我輕輕撫摸她的舌頭，然後把被她的唾液沾溼的手指拔了出來。我再度把手掌放在她趴睡的頭上，然後走去廚房。從抽屜深處拿出高筋麵粉。即使不用看食譜，我也記下了所有的步驟。

我在烤麵包時，燈醒了過來。她穿著內衣褲，搖搖晃晃地走向廁所。上完廁所後，一臉不解地看了看亮著燈的廚房，又看了看坐在沙發上的我。我闔起手上的雜誌，對燈說：

「麵包快烤好了，如果妳想吃就吃吧。」

燈沒有回答，像稻草人一樣在那裡站了片刻。不一會兒，她走去廚房，探頭看向發出橙光的烤箱發著呆，接著又走回我的身旁，一屁股坐了下來。

烤箱發出了通知麵包已經烤完的嗶噗聲，我從沙發上站了起來，打開烤箱的門，烤得微焦的起司香氣撲鼻。我把剛出爐的麵包放在小盤子上，遞到燈的面前。燈雙手接過了裝麵包的盤子，露出有點害怕的眼神。

「雖然我無法瞭解，但只要吃了這種麵包，能夠讓妳心情稍微放輕鬆，我可以一直做給妳吃。」

燈的手指拿起麵包，放進嘴裡，用力咬了一口。麵包冒出的熱氣包圍了她的臉頰，我看著她的臉頰，繼續說了下去。

「但是，我覺得這是悲傷的食物，所以我希望有一天，妳不再只相信生命的谷底，而是更真切地感受到更幸福的東西，不需要吃這種麵包也可以過日子。」

燈點了點頭，淚珠滴落她的鼻尖。她又吃了一個麵包。在她吃完三個麵包後，抬頭看著我的臉。好啊。在我的催促下，她把剩下的五個放進了冷凍庫。

重新回到床上，用羽毛被蓋住了肩膀。我告訴她，下次可能要設計旋轉木馬。燈瞪大了眼睛，像月亮發出微光般笑著說「太棒了」。我看著她的臉，覺得還是設計這種東西比較好。

調去新部門後的第一個工作，就是為動物園附設的小型遊樂園改造旋轉型遊樂設施。八個飛機形狀的座位圍繞著直徑十五公尺的圓形，隨著音樂旋轉，之前只是維持相同的高度持續旋轉，這次要重新設計，更換中心的機軸，讓八個座位在旋轉的同時，可以讓遊客自行操作握桿，讓座位上下移動。接著又修改了百貨公司頂樓兒童天地的火車型遊樂設施，遲遲接不到從零開始設計遊樂器材的工作。冬季進入尾聲時，一家在外地新開的遊樂園要設置一台旋轉木馬，沒想到在投標時就落敗了。

「反正就是沒這麼簡單。」

「這樣啊。」

「啊，那個看起來很好玩。外側和中間的地板轉向相反的方向，頭應該更昏吧。」

色調柔和的咖啡杯在眼前複雜地轉來轉去，小孩子把咖啡杯內的轉盤轉到極限，咖啡杯像陀螺般旋轉不停，他們哈哈大笑著。我靠著旁邊的欄杆，把咖啡杯的構造畫在帶來的筆記本上。

自從調去新的部門之後，為了研究商品，我在假日時經常去遊樂園。除了東京都內的遊樂園以外，還去了附近縣市，逐一觀察園內的遊樂設施。如果燈剛好也休假，就會跟我一起來。因為我必須把構造畫下來，有時候會重複玩相同的遊樂設施，所以對她說「妳即使陪我去，也會很無聊」，但她很乾脆地點頭說「沒關係」。當我看著遊樂器材寫筆記時，她從來沒有一句怨言，自己跑去禮品店買東西，或是去附近拍照，默默享受著周圍的歡樂。

記錄完要點之後，我闔起筆記本。

「好，要不要去坐看看？」

「我想要坐那個有花的咖啡杯。」

「那手腳要快一點才能搶到。」

我們剛坐進咖啡杯，開始運轉的鈴聲就響了。在旋轉的同時，周圍的色彩開始融化，緩緩遠離了現實感。我用力轉動圓盤形的轉盤，燈按著頭髮，大聲笑著叫我不要轉。

除了摩天輪和老少咸宜的遊樂設施以外，燈還哼著歌，陪我一起坐驚聲尖叫型的遊樂設施和雲霄飛車。

但是不知道為什麼，每次來到旋轉木馬前，她都堅持不坐，只是坐在旁邊的長椅上觀賞。

「既然妳喜歡，那就去坐啊。」

「太喜歡的話，反而會搞不清楚。」

我聽不懂她這句話的意思，所以注視著她的側臉，希望可以解讀出其中的意思。燈稍微停頓了一下，微微揚起嘴角。

「這種時候默不作聲，很像是你的作風。」

「有嗎？」

「我從來沒有遇過像你這樣專心聽別人說話的人。」

我能夠體會她說話的這種感覺。有時候緩緩走在路上，會在路旁看到「這是為我而存在，正在等我」的東西。可能是書，也可能是音樂，或許是技術，還有學問，或許是旋轉木馬。對我來說，有著人類的外形。

「你聽我說，」燈思考著該如何表達，「旋轉木馬不是很漂亮、很熱鬧嗎？」

「嗯。」

「所以我很喜歡，但那些木馬不是假的嗎？」

「是啊。」

「如果坐上去之後，覺得果然是假馬，就會很失望。所以與其這樣，還不如在旁邊欣賞這個漂亮的東西比較好。我猜想應該是這樣。」

木馬發出優美的旋律，緩緩開始轉動。這個遊樂園的旋轉木馬歷史悠久，是戰前從歐洲進口的，雖然沒有木馬上下移動，或是旋轉速度發生改變之類的花樣，但時下難得一見、新藝術風格的細膩裝飾很優美。馬鬃就像真馬的鬃毛般飄逸起伏，天使在紫色的馬車屋頂上翩翩起舞，畫在天花板上的女神都露出溫柔的眼神守護著木馬前進。

雖然旋轉木馬在運轉時會發出聲音，旋轉時，也會聽到乘車指南的廣播聲。如果騎在馬上，應該覺得硬邦邦，但旋轉木馬的設計者想要打造出這個世界上絕無僅有的樂園。

「如果是真的馬，妳就會坐嗎？如果馬和天使，這個閃亮的空間全都是真的，妳就會坐嗎？」

「我會坐……」

「那妳最好去坐一下。因為製造旋轉木馬的人就是為了嚮往這種東西的人製造的，雖然無法完全如願，但我覺得可以相信其中一定有些好的事情。」

燈注視著旋轉木馬片刻，用平靜的聲音回答說：「我考慮看看。」

她央求我做毛豆起司麵包的頻率從每週一次漸漸變成隔週一次，在櫻花綻放的季節，變成了每月一次，但還無法完全戒掉。在我幾乎要忘記時，她會輕輕拉我的袖子，小聲地央求說，她想吃那個。尤其到月底的時候，她就會特別想吃。我不再針對這種麵包發表任何意見，她想吃的時候，我就默默為她揉麵糰、烤麵包，然後遞到她面前。她總是聊著隔天的事，一臉平靜的表情吃麵包。

在黃金週假期結束後不久，接到了外地一個歷史悠久的遊樂園訂單，「十多年前撤掉了旋轉木馬，但想趁目前的懷舊風潮，重新再設置」。董事長積極爭取新設工程，靠著人脈關係，終於爭取到這個案子。遊樂園老闆提出了「反正不會有恩愛的年輕情侶來我們這裡，所以，不要太花稍，也不需要太有格調，只要像小時候生日時常吃的不二家草莓蛋糕一樣，充滿懷舊的感覺，讓小孩子和老人喜歡就好，旋轉的速度也要慢一點」的要求，我以董事長的要求為主軸，參考了舊的旋轉木馬外觀照片，思考著企劃。

簡單又懷舊，令人有親切感，老人和小孩可以輕鬆牽手坐的旋轉木馬。我和其他同事像念咒語般牢記這些要求，一次一次促膝討論。木馬的外觀和設計、旋轉的構造、木馬升起的時間點，以及白天和夜晚的照明如何變化。為了方便老人行走，地面不設置階梯。隨著細節逐一決定，即將完成世上獨一無二的旋轉木馬。

半年之後，我帶著燈一起去看落成的旋轉木馬。那是已經有一絲寒意的紅葉季節，燈在肩上披了一條蘇格蘭格紋的羊毛披肩。

裝了紅色和綠色馬鞍的木馬，隨著以前在音樂課上聽過的古典樂旋律跑了起來。因為剛落成不久，旋轉木馬周圍有許多爸媽帶著孩子在排隊。我們一起坐在旁邊的長椅上，默默看著漂亮的木馬，和坐在木馬上的遊客喜悅的臉龐旋轉。燈飾更亮了，白馬的後背發出乳色的亮光。誰都知道木馬不是真的馬，但每個人臉上都帶著羞澀的微笑，宛如一片花海。

「要不要去坐看看？」

我催促著她。她正在喝紙杯裡的可可，露出心癢的表情動了動嘴巴。

「好害羞。」

「我為了確認運轉，已經坐過上百次，但無論坐多少次，都覺得很開心。」

我把喝完的紙杯丟進垃圾桶，握著燈冰冷的手去排隊。等了十五分鐘左右，終於輪到我們了。燈猶豫了一下，坐在一匹裝了桃色馬鞍的白馬上，我騎在旁邊的一身栗色毛的馬上。

「製造這匹白馬的人稱它為白飛船。」

「啊？什麼意思？」

「因為有人喜歡賽馬。」

「我好不容易想坐了，不要破壞我的夢想。」

她噗哧一聲笑了起來，音樂很快響起，木馬紛紛動了起來。

經過差不多慢慢煎一個荷包蛋的時間，閃亮的夢幻旅程結束了。太開心了。燈喘著氣，臉上泛著紅暈。我牽著她發燙而滲著汗的手走下基台，背後響起了下一次運轉的旋律。

我們說好回家的路上順便去超市買菜。回到車上，我們回想著冰箱裡的庫存，討論著還有雞蛋，要記得買蔥，我突然想到冰箱裡隨時備用的冷凍毛豆差不多快用完了。我正打算開口說要記得買，燈搶先開了口。

「麵包，」她小聲嘀咕說，「搞不好不需要了。」

我轉過頭，她的臉上露出了笑容。她揚起的嘴角微微抽搐了一下。

我假裝沒有發現，點了點頭說：

「這樣啊。」

「但我想吃像剛才那個旋轉木馬的麵包。」

「這也太強人所難了！是要加草莓嗎？」

「我們到超市後再一起想。」

「好。」我點了點頭，發動了車子的引擎。踩下油門，把剛才的景色拋在腦後。我似乎聽到遠處傳來夢想之馬的嘶叫聲。

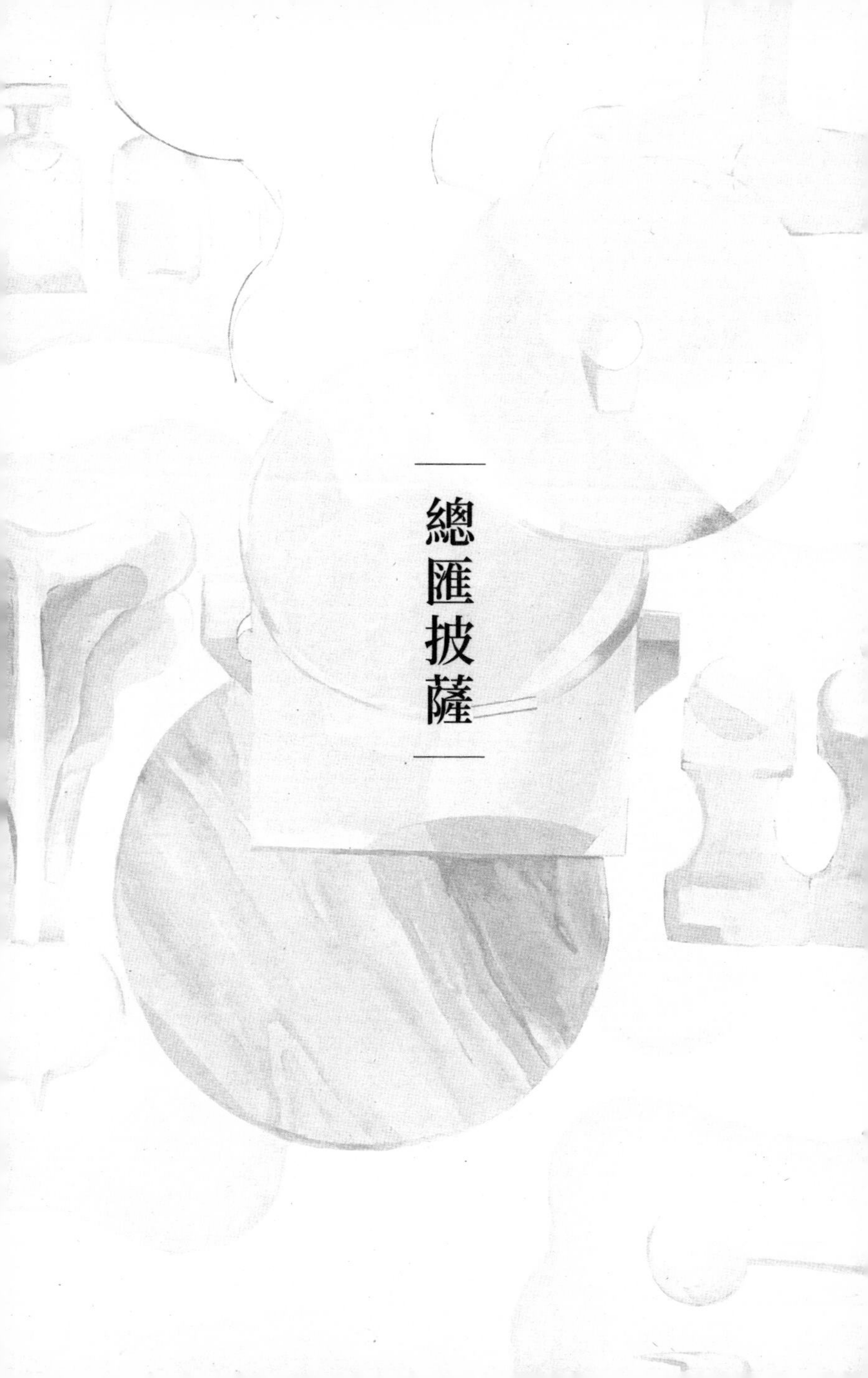

總匯披薩

走進一間充滿亞洲情調的昏暗房間。除了籐桌、籐椅外，牆上掛著蓮花圖案的掛毯，而且房間內飄著淡淡的線香味道。我恍然大悟，難怪大門口放了魚尾獅的雕像。脫衣處和浴室之間是玻璃門，玻璃表面沒有任何加工，所以可以清楚看到入浴的情況。按摩浴缸又大又淺，熱水還沒裝滿，恐怕就變冷了。房間內貼了深巧克力色的壁紙，窗戶被相同顏色的木板封住了。又薄又輕的聚酯纖維布的寢具應該都是一起丟進洗衣機裡洗，淡淡的黃色燈光從籐條和布袋蓮的縫隙中透了出來。

我用浴巾擦拭了泡了熱水後發燙的身體，穿上內褲，套上房間內準備的浴袍，在鋪了變形蟲圖案床罩的雙人床角落坐了下來。我覺得自己好像來到了比火星更遙遠的地方。這個房間內的床不是為了讓人睡覺，燈光也不是為了照亮房間，浴缸不是為了讓身體暖和。這裡當然也不是新加坡，房間內布置成亞洲情調也沒有特別的意義。

「妳在笑什麼？」

弦卷一絲不掛，在腰間圍了浴巾，從脫衣處走過來。剛才在浴缸內泡澡碰觸到時，並沒有特別的意識，現在仔細打量，發現他的身材看起來很年輕。他可能有做什麼運動，或是肌力訓練，他全身魁梧健壯，皮膚的顏色很明亮，渾身都散發出好像陽光般的光和熱。他身體前側很平坦，但在轉過身後，隆起的脊椎和雙臀之間股溝深深的弧度，讓我忍不住心蕩神馳，覺得太美了。

「我才沒有。」

「是喔。」

弦卷毫不在意地附和了一聲，從沙發上的公事包裡拿出還剩下一半的寶特瓶碳酸飲料。飲料早就不冰了，而且氣也都消光了，但他仰起頭，喝得津津有味。我差不多有十年沒買過這種甜甜的碳酸飲料了。

「無所謂啦，只是覺得人妻性慾這麼強嗎？」

聽到他問這麼刁鑽的問題，我聳了聳肩。老實說，我也不太清楚，所以也無法回答。弦卷翻著放在床頭櫃上的飯店導覽，拉著長音說他肚子餓了。

「要不要出去吃點東西？」

「不，不用了，現在的時間還可以叫客房服務，要不要叫來吃？生田姐，妳有沒有什麼不吃的東西？」

白天的時候，他還很恭敬地對我說敬語，現在說話很隨便，但他巧妙地問我不喜歡吃的食材，可以感受到他的家教很好，個性也不錯。

「我不用了，你可以點自己想吃的。」

我催促他點餐，暗示因為自己造成了他的困惑，所以請客做為賠禮。弦卷一雙大眼睛瞥了我一眼，然後打電話去櫃檯點了總匯披薩、薯條和百事可樂。

和客戶應酬結束後，原本打算回家。

和大型連鎖超市合作，共同開發聖誕節零食的案子遲遲沒有進展，今天終於談成了。我這個企劃負責人，和負責業務工作、比我小五歲的弦卷都興奮不已。為了取悅客戶，我們都多喝了幾杯，而且這一陣子一直加班，所以也很疲累，但直到踏進這裡之前，我和他都打算回自己的家，完全沒有絲毫的遲疑。

我們搭地鐵回家，握著拉環，聊著今天聚餐的成果和今後的發展，當電車靠站後，從月台上湧入很多乘客。有不少人的T恤後背上都印了相同的標誌，可能附近的球場有什麼現場演唱會。擠不上電車的人在月台上大排長龍，等下一班地鐵，我和弦卷原本面對面聊天，結果兩側的乘客擠了過來，我們兩個人緊貼在一起。我把裝了資料的皮包放在我們中間，尷尬地把頭轉到一旁，相互說著「好擠」、「運氣真不好」，繼續在地鐵內搖晃。更糟的是，離最近的轉車車站還有將近十站。這些乘客可能都是從很遠的地方來聽現場演場會，所以停了好幾站，車廂內還是很擁擠。

地鐵進入彎道，被擠得幾乎快要窒息時，我發現有什麼圓圓硬硬的東西頂在我的腰骨附近。感覺很有彈性，很像是廟會時玩撈彩球的彈力球。他為什麼把這種東西帶在身上？我抬頭看著弦卷，他仰著下巴，看著車門上方的廣告。他一直維持著不自然的角度看著廣告，我搞不懂那個廣告有什麼好看。這時，我才終於察覺頂在我腰上的彈力球是怎麼回事。

這完全是意外。我的背上冒著冷汗。我之前曾經聽丈夫提過，和性慾或是戀愛感情無關，疲勞和睡眠不足時也會發生這種狀況。我就假裝不知道吧。我低頭看著裝了資料、抱在胸前的皮包。弦卷也挪動雙腳，試圖稍微後退，但背後擠滿了乘客，想動也動彈不得。好不容易稍微挪開了頂住我的位置，在停車的同時，又被其他乘客擠了過來。

隨著漸漸適應彈力球的感覺，我覺得很好笑。兩個大人一臉嚴肅地為彈力球的位置手忙腳亂。幾分鐘前，我們還在討論交貨期和成本率的問題，然後就發現我隨時都在思考下一個工作的問題點、老公的身體、小孩子的教育和三餐這些複雜而有意義的事。

也許在我的人生中，再也不會出現這麼滑稽荒唐、沒有意義的事了。

電車停在月台上。雖然還沒到我要下車的站，但我拉著弦卷的手，大聲說著「我們要下車」，推開了人群。弦卷乖乖地跟在我身後。

即使是從來都沒有來過的車站，只要站在車站前，就可以大致猜到鬧區的方向。我們牽著手，走向霓虹燈閃爍的街道。不到十分鐘，就發現了想要找的建築物。

「要不要進去？如果你不排斥的話？」

我站在魚尾獅雕像前勾引他。弦卷眨了兩、三次眼睛，看了看魚尾獅，又看了看我說：

「我有女朋友……」

「哈哈哈，你要這麼說的話……」

我指著自己左手無名指上的光。雖然我故意搞笑，但聲音有點發抖。弦卷皺起眉頭，苦笑著說：「對喔。」然後輕輕「嗯」了一聲，再度握住了我的手。

和客戶應酬耽誤了時間，不小心錯過了末班車。我傳了訊息給老公，他回覆說「我媽來了，所以沒問題」。我老公不知道兒子去托兒所上學時需要準備什麼，但既然婆婆在我家，就可以交給她處理。我暫時鬆了一口氣，把手機收了起來。

有人敲房間門。「來了。」弦卷應了一聲，穿上睡袍走去開門，很快就拿了一個扁扁的紙盒，和一個紙袋走了回來。他把飲料和薯條放在桌上，打開了裝了披薩的紙盒。

總匯披薩上只有幾粒玉米，和像紙一樣薄的洋蔥，和四片看起來很油膩的義式香腸。

「根本沒有總匯啊，反而是料太少了，它們都有點不知所措。」

「是嗎？這種地方的披薩不都這樣嗎？」

弦卷盤腿坐在床上說，把高熱量的披薩送進嘴裡。他張開大口咬了起來，兩口就吞完一片披薩。他似乎肚子餓了，轉眼之間，就把幾乎半張披薩都吃了下去。

「生田姐，妳不吃嗎？」

「雖然看起來很好吃，但吃這種高熱量、又沒有營養的食物，等一下絕對會後悔。」
「這種垃圾感才好吃了。」
「至少希望可以加點芝麻葉，把生蘑菇切片，再放一些對切的小蕃茄。」
「我才不要，這根本不是做虧心事時吃的東西啊。」
虧心事。這種說法聽起來簡直就像是從來沒有吃過的美味甜點。
「來，把嘴巴張開。」
他把一片起司快要滴下來的披薩遞到我面前。我只好坐起來咬了一口。起司的彈性和加了鹽的麵粉香氣，伴隨著咀嚼溢出的油脂，陶醉感在嘴裡擴散，一下子衝向腦袋。這種不健康的美味刺激著感官，讓人變遲鈍。
我抓住弦卷的手，又咬了一口。弦卷一臉不可思議地看著我默默吃披薩。

製作健康飲食的秘訣，就在於均衡使用紅、黃、綠、白、黑這五種顏色的食材。

每次在超市推著推車時，我就會回想冰箱裡有什麼，確認目前缺少什麼顏色的食材。紅色最簡單，牛肉和鮪魚生魚片等都可以作為主菜的食材，實在沒辦法時，將蕃茄切成楔形就搞定了。綠色只要使用葉菜就解決了，我們家經常做雞蛋料理，所以黃色也沒什麼問題。原本有點煩惱白色的問題，如果經常用蘿蔔或是豆腐很容易膩，但後來想到白米也是白色，心情就輕鬆多了。最棘手的就是黑色。我們全家都不太喜歡黑芝麻，常吃海帶芽也很容易膩。老公和兒子都不喜歡蕈菇類的味道，所以就把海苔放在桌上，隨時可以當點心吃，但我覺得好像都只有我在吃。

「媽媽，小櫻想吃拉麵。」

兒子櫻輔今年開始上托兒所的小班，所以穿著水藍色的襯衫配藏青色吊帶短褲的制服。他一臉害羞的笑容，好像在說什麼秘密般小聲對我說。之前經常在便利商店的冷凍區買可以用微波爐加熱的拉麵，晚回家的時候可以當晚餐。櫻輔口中的「拉麵」就是那種拉麵，但光吃那種拉麵營養不均衡。也可以在泡麵裡加各種食材，紅色可以用牛肉，打個蛋就是黃色，綠色就用菠菜補充——白色和黑色怎麼辦？拉麵中加白色？豆腐？白色魚板？黑色就用海苔嗎？要特地為了煮拉麵買魚板嗎？還是用涼拌豆腐當配菜？

「咦！這是什麼？」

「啊！不要碰！」

正當我舉棋不定時，原本跟在我身後的櫻輔不見了，當我回過神時，發現他正準備伸手去戳用保鮮膜包起的豬腳。不行不行不行不行。我一口氣說了好幾次，然後用力握住他的小手，一隻手推著推車走向蔬菜區。我剛才在想什麼？對了，拉麵。要不要再加一道豆腐料理當配菜。但如果只是涼拌豆腐，兒子和老公不太捧場，所以加一些蔬菜做成熱熱的淋醬淋在豆腐上，或是加起司放在微波爐中加熱一下，也許要多花一點工夫才行。

「不要跑！要看好前面！啊，對不起……櫻輔，等一下！」

櫻輔甩開了我的手，看到零食區，就立刻跑過去。從他名字中有一個櫻字就不難猜到，他是四月出生，不久之前，在班上第一個過了四歲的生日，但只要看到他最愛的戰隊周邊商品，就會不顧一切地跑過去。我向差一點被櫻輔撞到的其他客人道歉，把購物推車放在一旁，伸手抓住了他矮小的身體。

帶著櫻輔買菜時，很難邊買邊打算，每次都會忘了買該買的東西，也無法想出什麼好菜單。即使只是拿出手機確認食譜一下子，他也可能會跑不見。

那就把起司加在豆腐上，放在微波爐加熱一下，再淋點醬油。只不過和昨天的配菜相同。我立刻想起靖子一臉歉意地垂著眉毛，面帶微笑地說，配菜要盡可能以蔬菜為主，忍不住想要向她道歉。

急急忙忙買好了菜，讓櫻輔坐在電動腳踏車的兒童座椅上，一路騎回公寓。

晴仁坐在餐桌旁托著腮，以和早上相同的姿勢看著證照考試的參考書。

「妳回來了。」

「我回來了，對不起，今天下班有點晚，你肚子一定餓了吧？」

「完全沒有，我看得太專心了，根本忘了時間。櫻輔，快過來，爸爸帶你去洗澡。」

「啊，那我想先看油去布的玩具影片。」

「洗完澡，吃完飯，睡覺前才可以稍微看一下YouTube。」

老公和兒子的說話聲漸漸遠去，他們走去浴室後，我從超市的塑膠袋裡拿出食材，急忙準備做晚餐。

半年前，氣溫開始下降的初冬時期，晴仁為不明原因的頭痛和暈眩所苦。去了多家醫院檢查後，醫生診斷說，是因為工作上的壓力造成的，建議他暫時請假療養。他在一家電機廠商擔任技術人員十五年，在負責開發量販店的店鋪系統部門任職多年，去年春天剛調職，在新成立的利用ＡＩ提供新型服務部門擔任主管。

「之後要致力於栽培年輕人。」晴仁對這次的升遷感到很高興，所以我一開始難以相信他因為工作壓力造成了疾病。

晴仁也認為自己擔任新職不久，不能離開職場，所以就靠吃藥和推拿緩和症狀，繼續上班。他似乎認為自己不可能生那種病，只是因為季節的關係，所以身體狀況出了點小問題。

但是，在新年假期結束後不久，有一天，他臉色蒼白地蹲在玄關說「我沒辦法去上班」，然後就無法動彈。於是就請醫生開了診斷證明，向公司要求留職停薪半年。

四個月來，晴仁的身體狀況時好時壞。有時候起床後可以出門散步，或是看參考書，但渾身無力時，就會在床上連續睡好幾天。

晴仁的母親靖子在他留職停薪後，遇到我要加班的日子，就會來家裡，去托兒所接櫻輔回家，還經常送一些煮好的菜來家裡，覺得家裡有什麼地方不夠乾淨時，就會幫忙打掃一下，很照顧我們。晴仁身體狀況不佳時，無法照顧櫻輔，所以我或是靖子必須隨時在一旁。

「我之前就猜到會有這麼一天。」

在新形態的生活剛開始不久，靖子看著他們父子在客廳玩時，小聲嘆著氣說。

「那家公司是一家老公司，在各方面都要求員工滅私奉公。他是不是也經常週六、週日無法回家？」

我點了點頭。晴仁在留職停薪之前，每個星期有兩天會調整工作，去托兒所接櫻輔。因為我們剛交往時，我曾經提出「即使生了孩子之後，我仍然想繼續工作，希望你可以和我分擔育兒的工作」，他努力遵守我們之間的約定。但每天早上都是由我送櫻輔去托兒所，櫻輔感冒時，也都是由我設法安排，托兒所有任何活動時，都是由我參加。我經常為育兒工作無法平等分擔感到不滿。

我曾經多次聽晴仁提到，許多上司對他每週有兩天要去接小孩面露難色，認為他「對公司不夠盡力」、「如果因為家庭狀況早下班，就不必指望升遷」。即使是週六、週日，也經常因為要和客戶應酬或是處理問題，臨時被叫去加班。那家公司原本就不希望男人在家庭內承擔家務，正因為這個原因，晴仁在升上主管時很高興，認為「自己的工作方式得到公司主管的認同」。他比我大七歲，被稱為泡沫經濟崩潰後求職冰河期世代，應徵超過一百家公司全都遭到拒絕後，最後因為他父親曾經在這家公司擔任高階主管，基於人情關係錄用了他，所以他似乎對公司有一種摻雜了感恩和自卑的複雜感情。

「我老公也差不多在晴仁這個年紀，大約四十出頭時當上主管，無論上司和手下的員工都提出一些不合理的要求，讓他吃了不少苦頭。那一陣子頭髮一下子就白了，也開始吃血壓的藥……但我們那時候還有所謂的婦女交流會，舉家參加公司的活動，全家人都支持老公是理所當然的時代，所以總算撐了過去。但現在大家的意識完全不一樣了，每個人都必須獨自面對工作上的問題，家務事就會出問題，我之前就覺得他的壓力會很大。」

靖子的這番話批判了公司的依然如故，同時對時代的變化感到不知所措，更充滿了對生病兒子的同情。

「總之，為了能夠讓他早日回去工作，健康最重要。早百合，不光是晴仁，小櫻和妳也要注意身體。偶爾吃便利商店的拉麵當然沒有問題，但要攝取充足的蔬菜和蛋白質，無論生活再忙碌，都不能動搖家庭的安心感。」

靖子表達的所有感情中，都帶著一絲希望她兒子得到更多關心的悲傷。我認為她有這種想法很理所當然。晴仁在接受心理輔導後，自我分析是因為升遷和工作調動等環境變化的壓力成為他疾病的導火線，但靖子曾經支持在同一家公司任職的丈夫克服了這種壓力，想必認為只要有家人的支持，或許有辦法度過這樣的難關。

而且，靖子那個世代的人也許無法接受我們這個世代的家庭是正常的家庭。早餐吃甜麵包或玉米脆片，晚上七點才去托兒所接小孩，每個月只用吸塵器吸兩次地，脫下的睡衣就隨手丟在客廳。靖子對每一件事都感到驚訝，有時候吞吞吐吐地委婉表達意見。五種顏色食材的事也是她教我的，我覺得我婆婆很聰明，考慮也很周到。

我無法在工作上偷懶。因為目前無法預料晴仁什麼時候才能回去上班，我必須撐起這個家庭，支應這個家庭的日常開支。

但是，我必須比之前更關心晴仁和櫻輔。生病的狀況、教育問題、健康問題、托兒所的事和將來的事。該考慮的問題不計其數，而且每個問題一旦想深入研究，都會沒有止境。上班回到家，做完家事，照顧櫻輔，善待晴仁。一天之中醒著的時間都充分發揮了作用。

漸漸地，每天處理完帶回家的工作，深夜睡覺前喝杯烈酒的十五分鐘，成為我唯一放鬆的時間。帶著一點醉意，收拾完餐具和杯子，刷完牙走進臥室。櫻輔上下顛倒地在雙人床的正中央躺成大字，身上的被子都踢開了。晴仁縮著身體躺在牆邊，雙手按著肚子。他之前說，吃藥後，胃就有一種想吐的感覺，很不舒服。我把櫻輔的身體轉過來，把枕頭放在他的頭下，為他們兩個人蓋好被子。

熟睡的晴仁令人憐愛。修剪得幾乎看不到白色部分的指甲和筆直的睫毛，還有魚尾紋和皮膚有點粗糙的脖頸，從被子下露出富有彈性的圓潤腳跟，就像櫻輔還是新生兒時一樣，都讓我產生一種想要把他抱在懷裡，好好守護的慈愛。我躺在他們中間，伸手繞過晴仁的身體，輕輕揉著他扁平的肚子。

「這算是偷情嗎？」

「早百合，妳這麼說太難聽了。」弦卷輕鬆地笑了起來。這是我們第二次幽會，他已經直接叫我的名字了。

「妳只是在逃避而已，沒有賺錢能力的老公也失去了魅力。妳老公如果不結婚，自由自在地工作，就不會生病了。結婚是人生的墳墓這句話果然是真的。」

他口若懸河，很有節奏地罵了起來。我之所以沒有生氣，是覺得他很坦率地說出了自己內心的想法。

「你似乎很討厭結婚。」

「很討厭啊，我根本搞不懂為什麼要結婚，但我女朋友一直很想結婚。」

他應該沒有機會和別人討論這種情愛和對結婚的看法，他放鬆了心情後變得很健談，但他說越多話，我越對他失去興趣，不是因為他的意見讓我不悅，或是被戳中痛處而聽起來刺耳，而是他對結婚和夫妻的看法太刻板，我並不覺得他的話值得一聽。他應該完全無法理解我雖然對晴仁不忠，但至今仍然很愛晴仁這件事。

弦卷開始滔滔不絕後，立刻變成了一個很容易懂的人。在他身上已經找不到之前的混沌──那種在回家路上，滿腦子都是待辦事項時，突然出現的彈力球般的混沌。

「我們好像藉由自己結了婚、生了孩子這種事，告訴周圍的人，自己是一個優秀的人，這種感覺很虛偽，我很討厭。我相信應該也有很多像妳一樣不檢點的已婚人士。」

「嗯，我不否認自己不檢點。」

事實上，連我自己也很驚訝。我一直認為偷情風險很高，自己絕對不會做這種毫無意義的事。之前看到偷情的單身朋友，都很不滿地覺得她們「被人利用了，自己還搞不清楚狀況」。如果有已婚的朋友偷情，就很看不起他們，覺得「既然已經沒感情了，乾脆離婚就好了」。

此刻，我看著打掃得不夠乾淨的摩鐵床頭檯燈上積著薄薄一層灰，想要趕快回家。

剛才向客房服務點了瑪格麗特披薩代替晚餐，但和前幾天的總匯披薩不同，只有油膩的感覺，一點都不好吃。弦卷半裸著身體，心情愉悅地說著結婚是多麼沒有效率而愚蠢的制度，他似乎對貶低我這個成為已婚人士失敗的案例感到樂不可支。

「啊，對不起，我兒子發燒了，那我先走了。」

我假裝看了手機，然後穿上內衣褲，穿上三十分鐘前剛脫下，帶著汗臭味的襯衫。當我拿起皮包，準備走出摩鐵房間時，腰上圍著浴巾的弦卷抓住了我的手。

「嗯？妳為什麼要回家？」

我沒想到他會露出這種著急的表情，反而大吃一驚。

「沒為什麼……每個人都要回家啊。」

「妳不是不想回家，所以才會約我嗎？」

「也不能說是不想回家。」

被他這麼一問，我忍不住思考到底是為什麼。之前就像遇到車禍般，和這個後輩上過一次床，但今天我和他一起走進這個房間，到底從他身上得到什麼？我們從離公司最近的車站特地搭山手線繞了半圈，避人耳目地走進這家以黑色為基調的摩鐵。

「……也許是因為想吃披薩？」

「披薩？」弦卷抬起眉毛問。

「但這裡的披薩不大好吃，所以算了。對不起，明天公司見。」

我甩開了被弦卷抓住的手走了出去，把一臉錯愕的他留在房間。在等電梯時看了一下手錶，發現今天因為很早就離開的關係，只要說加班稍微晚一點就解決了。

回到家時，穿著睡衣的晴仁和平時一樣坐在餐桌旁看證照考試的參考書。

「妳回來了。」

「我回來了。咦？你媽呢？」

「她說明天要當公寓打掃的值日生，所以安頓櫻輔睡覺後，她就回家了。」

等一下要打電話謝謝她。我思考著措詞，在椅子上坐了下來，脫下繃得很緊的絲襪。

我覺得有人看著我的臉頰。

「怎麼了？」

「不，沒事……我只是在想，妳怎麼沒戴耳環。掉了嗎？」

「喔，不是啦，我最近買了新的耳環，可能對材質有點過敏，覺得很癢，所以我就拿下來了。」

「原來是這樣。」晴仁平靜地點了點頭，又一臉嚴肅地低頭看參考書。

「讀書的狀況怎麼樣？」

「嗯，還不錯。」

「是喔。」這次換我對他點頭。

「你不要太拚了，現在需要好好休息身心。」

「我知道，但不瞞妳說，這樣看書心情反而平靜。我看到頭來，還是自己不適合做主管的工作。」

晴仁打算在六個月留職停薪期間結束後，申請調回原來的部門。他似乎打算再考新的證照，磨練技術，從頭開始。希望一切能夠順利。我不奢望他升遷，只希望他能夠快樂工作。

因為想到從今以後，都要我一個人支付生活費、教育費、保險和房貸，必須持續支撐家計，絕對不可以倒下，未免太可怕了。一旦我倒下，這個可愛的家就會面臨不幸。這種想像比我至今為止所聽到、所看到的任何虛構故事更沉重、更黑暗，而且更可怕。雖然我之前一直追求平等承擔育兒的負擔，但在內心深處，仍然覺得晴仁是家庭經濟的主力，我只是協助而已，把生活的責任都交給他。也許我們年紀的差異和年收入的差異也對我的意識產生了影響，但是，我在主張我們都在工作賺錢，所以是平等關係的同時，卻從來沒有想過自己成為家庭主要收入來源。這想必是一件很不公平的事。

晴仁應該看到了我內心的這種不安，所以在身體狀況不錯時一直努力為回到工作崗位刻苦用功。我既對他感到抱歉，但也很感激他。

在洗熱水澡時，想起了弦卷帶著不屑地提到的「優秀的人」這個字的聲音。優秀。沒錯。結婚之後，我們就開始累積「優秀」。買房子，生兒育女，努力做一些不是優秀的人難以達到和維持的事，兩個人攜手一起完成一個人做不到的事。為了保護累積的「優秀」，努力扮演好各種角色。我也賺錢養家，成為母親，成為妻子，也會視需要成為女人，但是，家庭完全不需要生田早百合這個在任何方面都不優秀的個人。

不知道晴仁現在在想什麼。

雖然我可以立刻想起他抱著櫻輔時的笑臉，也可以想起他顧慮我時，對我展露的微笑，卻無法想起生田晴仁是什麼樣的人。

我們結婚已經十年，這十年期間忘記了很多事。我目不轉睛地看著吐出熱水的蓮蓬頭細孔。

有時候，我會很想吃披薩。

在漫長的會議時，或是牽著櫻輔的手走去托兒所，在中途的路口時，都很想吃那種起司融化、快要滴下來、一看就很不健康、吃了感覺會變笨、沒有什麼營養的披薩，但當然不是和弦卷分手那天吃的難吃瑪格麗特披薩，而是根本沒有總匯到什麼食材的總匯披薩。

在和客戶開會結束後，我抽空獨自去了那家有魚尾獅雕像的摩鐵。

我付了休息兩個小時的錢，叫了總匯披薩。

裝在扁平盒子內送到房間的披薩和那天一樣，只有幾顆玉米粒，切得像紙一樣薄的洋蔥，和四片義式香腸，還有融化牽絲的起司。

我咬了一口。甜味和酸味很協調的蕃茄醬汁，和讓人聯想到莫札瑞拉的起司在嘴裡慢慢融化，我覺得生產這款披薩的冷凍食品公司很厲害。的確很好吃。雖然這個世界上還有很多比這個更好吃的披薩，但在很普通的摩鐵房間內，心情放鬆地吃的這種平價披薩實在太好吃了，有點像小時候，背著父母藏在壁櫥裡的那些吃了會良心不安的點心味道。家裡的壁櫥、神社院落內、學校鞋櫃後方、空無一人的教室。我在各種很少有人出沒的安靜黑暗中感到很自由。

離下午開會還有一點時間，我用手機設定了二十分鐘後的鬧鐘，倒頭睡在床上。我深深嘆了一口氣，閉上眼睛。

我曾經和晴仁一起走在黑暗中。

那是我們在聯誼網站認識後的第三次約會。我們當時在鎌倉，我忘了是不是要去錢洗弁財天，總之我們在車站附近，準備去一座距離稍遠的神社。我們看著觀光導覽書上的一張很小的地圖，在彎彎曲曲的小路上轉來轉去，走上坡道，經過小橋，當我們回過神時，發現來到了樹影婆娑的山上。

「應該……不在這種山上。」

我拿著地圖，回頭看著走在我身後的晴仁說。晴仁的嘴角慢慢露出笑容說：

「應該不在這裡，在這種連長滿雜草的參道也沒有的山上，如果有的話，應該只有狐狸的神社。」

「啊，真是的，對不起，我們往回走吧。」

「好啊，妳走路小心。」

我們在只能聽到兩個人輕微的腳步聲、樹葉摩擦聲和彼此呼吸聲的寧靜山路上牽著手走路。那是初夏季節，天氣晴朗，走在路上有點滲汗，不時可以隔著茂密的樹木，看到明亮陽光下的鎌倉街道。

「感覺好像在探險。」

雖然白跑了一趟，但晴仁看起來很開心。

最後，我們走了兩個小時，仍然沒有找到想去的神社，而且運氣很不好，沒有攔到計程車。我們走累了，只好放棄去神社，走在幾乎看不到觀光客的小路上時，看到一家很小的茶屋，就走了進去。那家茶屋的藍染布簾上用白色的平假名寫了「葛」字，靜靜地佇立在小路旁。

昏暗的店內沒有其他客人，一個繫著圍裙，態度很不和善的中年女人坐在其中一張桌子旁，看著放在吧檯上的小型電視。我們在四人座的桌子旁坐了下來，因為想吃冰涼的東西，所以都點了冰綠茶和葛粉條。

「不好意思，讓你走了那麼多冤枉路……」

是我提出要去神社，也是我拿著地圖帶路。我低頭向他道歉，晴仁老神在在地說：

「沒關係啊，山上很漂亮，而且迷路到那麼遠的地方，感覺有點像中了邪，反而很有趣。」

「不，我這個帶路人太失職了，真的很對不起……」

態度很不和善的店員送來了冰綠茶和葛粉條，白色的葛粉條裝在竹碗內，浮在冰水上，一看就充滿清涼的感覺，沾了裝在小碗裡的紅糖蜜中，呼嚕嚕吸進嘴裡。

「咦？這個也太好吃了。」

比我先吃的晴仁驚叫起來，冰涼滑爽的葛粉條經過發燙的喉嚨，滑入胃底。深沉的舒服感覺讓我放在桌下的指尖忍不住顫抖。我們忘情地吃著葛粉條，喝著冰綠茶，心滿意足地走出了茶屋。

不可思議的是，想去神社時完全迷了路，卻很快就回到了鎌倉車站。

到底是從什麼時候開始中邪的？那家葛粉條的店真的存在嗎？如果想再去一次，是不是就找不到了？我記得我們在搭電車回程的路上，開心地討論著這件事。

「無論是怎樣都沒關係，和妳一起探險很有趣，我認為這是共同生活中最重要的事。」

晴仁靦腆地抓著脖頸說道，這是他的第一次告白。

我聽到了鬧鐘的聲音，向晚的橫須賀線離我而去。我睜開眼，看到了吊在天花板的籐編材質的燈。這裡不是鎌倉的山上，而是東京都摩鐵內充滿亞洲風情的房間。我又一次迷了路，目前正在家裡飯廳看參考書的晴仁應該也一樣。

黃金週時，我們決定分別在兩個人的老家住幾天。我和晴仁都太疲累了，沒有力氣去觀光景點玩，幸好兩家的父母都很擔心我們的情況，所以欣然接受我們的打擾。

住在我娘家第二天的白天，我爸媽帶櫻輔去百貨公司，我邀晴仁和我一起出門。

「要不要出去走一走？偶爾去看一場電影？還是想去散步？」

不知道是因為身體的關係，還是因為年紀大了的關係，晴仁走路不像以前那麼穩，我牽著他的手走向鬧區。中途去便利商店買了飲料、零食、肉包子、炸雞塊和甜點，我毫不手軟地挑選我們兩個人都愛吃的食物。

「怎麼樣？我們要去野餐嗎？」

我帶著瞪大眼睛的晴仁，在深紫色招牌上用金色的字寫了摩鐵名字、外觀看起來過度奢華的建築物前停下了腳步。晴仁應該馬上就知道那裡是摩鐵，不知所措地皺著眉頭，身體向後退。

「對不起，這有點……」

在他留職停薪之前，我猜想是他壓力最大的時候，他對性行為就已經力不從心了。因為這是很難處理的問題，也成為我們之間的一道隔閡。

但是，我今天並不是要他當男人，也不需要當丈夫或是父親。

「你別想歪了，我們去野餐。我只想在沒有其他人的地方，只有我們兩個人吃飯，然後在床上滾來滾去。」

晴仁緩緩地眨了眨眼睛，然後瞇眼仰頭看著摩鐵。

我向櫃檯要求高樓層的房間，拿了鑰匙後來到七樓的房間，周圍並沒有高大的建築，而且窗戶也沒有封死，白色的陽光從草色的窗簾縫隙中照了進來。

我把便利商店的袋子放在床頭櫃上，坐在雙人床的床邊，張開了雙臂。晴仁緩緩地靠了過來。我緊緊抱著他，然後向側面躺了下來。好安靜。可以隱約聽到飛越上空的飛機引擎聲。

晴仁的睫毛在比我視線稍微低一點的位置，隨著眨眼的動作上下抖動。

結婚之後，我就看著他因為業務需要，為考各種證照努力用功的身影。他的參考書上總是用尺和彩色筆畫上整齊的底線，空白處也寫滿了文字，充分咀嚼書上的內容。

但是，他目前在看的參考書上沒有任何一個字，也沒有彩色筆畫的線，潔白的書頁簡直就像新的書。晴仁應該沒有把書看進去，他應該看不進任何和工作相關的文章，但他隱瞞了這件事。只是我不知道他是因為不想承認，還是不想讓我擔心，搞不好他自己也不清楚。但我差一點犯下比偷情更嚴重的、無法挽回的錯誤。用樂觀的方式看地圖，隨便亂走。

「我跟你說，」我幽幽地開了口，黑色的睫毛無聲地上下抖動。

「我覺得即使把房子賣掉也沒關係。」

晴仁不發一語，我繼續說了下去。

「無論現在是怎樣的狀況，我們都可以調整，只要我和你能夠輕鬆過日子就好。即使和我們原本想像的未來不一樣，即使在山上迷了路，只要我們兩個人開心就好，我們當初就是以這種方式開始的。也許你已經不記得了。」

「我記得。」晴仁小聲回答後，閉上了眼睛。即使隔著襯衫，我的臂腕也可以感受到他削瘦的後背微微顫抖著。

「我們一起繼續走下去。即使會感到遲疑，即使會感到害怕，我也想一直和你在一起。」

我在說話時，身體微微顫抖著。我想起和最近很少碰到的弦卷一起去拜訪客戶時，他不經意在我耳邊小聲說的話。妳不要以為可以當作什麼也沒發生。他的聲音帶著憤怒和執著的複雜情感。和當年走在樹影婆娑的山上時相比，我們的腳步已經變得如此沉重。身上背著絕對不能丟失的寶物，疲憊、生病，扛著無數問題，帶著死也無法說出口的把柄。身上的負擔會越來越重，即使如此，我們仍然並肩而行，繼續探險。

我們繼續微微顫抖，就像從蛹羽化的昆蟲。我們的手腳交纏在一起，把鼻子埋進對方的頭髮，回到既不是男人，也不是女人，既不是父親，也不是母親，既不是丈夫，也不是妻子的混沌狀態。

當我們從短暫的睡眠中醒來，必定已經發生了蛻變。我帶著這樣的預感，閉上了眼睛。

飛越濃湯之海

剛引進不久的新車廂是明亮的銀色。車身帶著弧度，在陽光的照射下閃耀著銀白色的光芒，令人聯想到蠶繭。隔著巨大的車窗，可以看到寬敞的蔥綠色座位。因為是星期六的早晨，許多攜家帶眷的客人將兩排座位轉成面對面，還有看起來像是情侶的乘客坐滿了座位。大家應該都是前往這班特急電車終點站的溫泉街。

確認了車票上的座位號碼，隨著人潮走進車廂。車廂內幾乎所有的座位都坐滿了，只有正中央雙人座位靠通道那一側的座位空著，坐在窗邊的珠理舉起一隻手向我打招呼。

「好久不見。」

珠理聽到我的招呼聲，發出了「啊呵呵呵」的幸福笑聲。她穿著富有光澤的淡紫色長裙，搭配一件輪廓柔和的襯衫，臉上的妝容也很整齊。今天的她看起來是日子過得很悠閒的貴婦，絕對不會想到她會在深夜十二點傳來「家裡的老二晚上哭鬧不停，我好不容易哄她睡著了，結果老大吃醋，也起來哭鬧，兩個人都不肯睡覺，簡直就是地獄」的訊息，然後還附上一個貓在大哭的貼圖，彷彿過著水深火熱的生活。

我穿著幾年前就開始穿、已經洗得很舊的襯衫型洋裝搭配牛仔外套，一坐下來，立刻從托特包裡拿出兩罐冰啤酒。

「就等這一刻了！」

特急列車在車掌的廣播聲中出發了，窗外的風景急速後退。我拉起啤酒的拉環，把啤酒罐拿到嘴邊，仰頭喝了起來。冰涼的碳酸宛如金色的流星群滑過我的喉嚨。

「中午之前就開始喝啤酒……」

我忍不住嘆著氣，身旁的珠理頻頻點著頭。

「真的不妙，快受不了了。」

「今天完全不要去想那些煩心的事。」

「OK！要成為全世界最白痴的醉鬼。」

嗯呵呵呵。嗯呵呵。我們像妖怪一樣相視而笑。特急列車穿越才剛清醒的街道，駛向秋日的山中。

雖然現在變成了妖怪，但我們平時是很平凡的人類。我在販賣運動用品的公司任職，珠理是保育員。我們的孩子都在托兒所讀中班，珠理去年又生了一個女兒。

要不要出遠門？那一天，我這麼邀約她。

從托兒所接了兒子的回家路上，去超市買菜時，我猛然發現自己把一盒雞肉拿起來又放回貨架，來來回回差不多有十次。

那是切塊的雞腿肉。嗯，可以做炸雞塊。老公和兒子都很愛吃炸雞塊（拿起雞肉）。但是兩天前已經吃過炸雞塊了（放回貨架）。不，先買回去，放在冷凍庫，哪天下班晚回家時，就不用再出來買菜了（拿起雞肉）。冷凍後的雞肉用起來很不方便，如果擔心哪天家裡沒有食材，還是買培根比較好吧（放回貨架）。但是雞肉很便宜，而且今天又有特價，也可以用來做炸雞塊以外的料理……用來做燉菜，也可以同時吃到根莖菜和蕈菇類（拿起雞肉）。不不不，即使做燉菜，兒子也只吃肉，今天沒有力氣哄他或是罵他，逼他吃其他蔬菜。如果想讓他吃蔬菜，可以做大阪燒這種蔬菜和肉混在一起，他不得不一起吃的料理（放回貨架）。咖哩呢？咖哩怎麼樣！把蔬菜切成小塊，再加入奶油，父子兩人都會大口吃吧？（拿起雞肉）。啊，等一下回去還要煮咖哩嗎？真的假的？離帶兒子上床睡覺只剩下不到兩個小時了（放回貨架）。

因為來來回回拿了好幾次，包在雞肉外的保鮮膜上留下了淡淡的手指壓痕。最後我沒有想好該煮什麼，還是把那盒雞肉放進了籃子。

當我看向購物籃時，不禁大吃一驚。

一邊在腦袋裡盤算，一邊逛了整家店後，買了三天份的魚、肉、蔬菜、乾麵和調味料，但其中沒有任何一樣能夠刺激我的食慾。購物籃內的雞肉、油菜、鴻喜菇和冷凍烏龍麵當然都沒有問題，但我完全沒有「我想要這樣吃」的想法。

我是不是有點累了。

「媽媽，小拓在那裡！我們去那裡。小拓！小拓！小拓！」

兒子似乎在店裡看到了托兒所的同學，隨時準備衝出去，我輕輕抱住他的頭，不讓他離開。

「小祐，媽媽問你，你晚餐想吃什麼？」

兒子瞪大了眼睛，不再連聲叫著「小拓」的名字，想了十秒左右，露出了像向日葵般的笑容。

「呃，呃……我想吃鬆餅！」

我不該多嘴問他。我突然意識到自己很累，沒有做主菜的力氣，推著購物車走向熟食區。鬆餅、鬆餅。兒子的腦袋已經切換到鬆餅模式，我告訴他，不能把甜食當晚餐吃，然後物色著貨架。那就買這個吧。我把價格最適中的可樂餅放進了購物籃。既然吃油炸食物，那就要配高麗菜。於是又走去蔬菜區。啊，但是這孩子幾乎不吃生高麗菜。我動搖了一下，最後決定用家裡剩下的蔬菜打個蛋，做成蛋花湯，這才終於決定了今天晚餐的菜色。

「喔，今天吃可樂餅嗎？」

因為加班晚回家的丈夫看到桌子上用保鮮膜包起來的盤子裡有高麗菜絲和可樂餅，興奮地問道。

「嗯，因為來不及，所以買了超市的。」

「完全沒有問題，工作忙的時候買現成的就好。那我就開動了。」

丈夫自己加熱了可樂餅和白飯，把裝了蔬菜湯的小鍋子加熱。我丈夫是個好人，即使坐在椅子上，也會很勤快地站起來做事，也會幫忙洗衣服。

但是，他說「沒問題」，簡直就像是他掌握了有沒有問題的決定權？不，我太累了，才會找他的語病。明天開會要用的資料還沒有整理好，也有幾封電子郵件必須馬上回覆。而且托兒所下個星期要開家長會，要討論之前的家長會委員沒有順利交接引起的問題。

六個五百圓的可樂餅並不好吃，蔬菜湯雖然不難喝，但也不好喝，普普通通，缺乏精采。兒子幾乎沒有喝湯，我斥責他，叫他張開嘴，他才總算喝了三口。

這頓沒有人愛吃的晚餐到底是怎麼回事？

當我回過神時，發現自己拿起了手機，給珠理傳了訊息。

『要不要出遠門？』

珠理三十秒後，立刻回了我的訊息。

『我要去！我們去旅行！』

那天，珠理把時下流行的、已經調味完成的食材全都放進耐熱容器內，用微波爐加熱就做好的料理完成時，她娘家媽媽剛好也在旁邊，還特地叮嚀她說：「妳自己吃的時候當然無所謂。」

「妳不覺得女人理所當然地必須為家人花很多時間和心力下廚這種想法，根本已經跳躍平成時代，而是昭和年代的想法嗎？」

珠理把肩膀以下都泡在乳白色的溫泉內，把嘴唇嘟得像鴨子嘴般說道。雖然她一向這麼詼諧幽默，但我約她出遠門，她二話不說就答應，可見她也累積了不少壓力。這裡的溫泉溫度偏低，即使長時間泡在水裡，也不會覺得吃不消。我在濃稠的溫泉中一邊按摩著腿，一邊附和她。

「我覺得我們這個世代的人，有很多人都和自己的媽媽不合而吃了不少苦頭。」

「因為家庭觀念和對工作的態度都大不相同，彼此都不知道該聊什麼比較好，但還是很感謝她在我們全家都感冒時來幫忙。」

這時，珠理目不轉睛地看著我的眼睛。

「怎麼了？」

「沒有啦，我只是覺得妳媽很聰明，那時候也覺得她很新潮。」

「嗯……這也很難說。」

我猜想珠理在幾秒鐘之前，已經忘記了我媽媽早就已經去世這件事。她似乎為這件事感到不好意思。

「我猜想如果我媽還活著，應該和妳家一樣，因為不瞭解對方的狀況，為很多事發生爭執。」

「是嗎？我聽我媽說，妳媽媽很注重妳的教育，也很為妳的未來著想。」

「我媽……我想她應該想到自己去世後的情況，所以希望我功課好一點，以後能夠當上公務員，這樣她就能夠比較安心。」

「那妳媽很好啊。」

「不，她開口閉口就要我去讀書，而且隨著病情逐漸惡化，個性也變得很不好相處……和她在一起並不會感到很放鬆。」

「這樣啊。」

我媽在三十多歲時罹患了癌症，和病魔對抗了十年後去世了。她去世時，我還在讀國中，當時和我同班的珠理也來參加了喪禮。

喪禮結束後，我送她到會場入口。身穿制服的珠理哭喪著臉，用力抱住了我的身體。我們當時年紀還太小，無法不做出這種激烈的反應，就接受眼前發生的許多事。珠理並沒有堅持「妳媽真的很好」，也沒有不必要地安慰我說「妳也很不容易」，只是隨口說了聲「這樣啊」，接受了我的說法，我認為她真的長大了。

泡完澡後，我們換上了溫泉飯店借給客人穿的浴衣，回到了我們的房間。我們在放了行李的客房內各自滑著手機，保養皮膚，欣賞著窗外的山景，穿著工作服的女人用很大的托盤為我們送來了午餐。我們挑選了當日來回的泡湯行程，入浴後，可以在房間內吃行程所附的午餐。

午餐充滿了秋天的風情。加了蘘荷、生薑、紫蘇和蒜泥等大量佐料的鰹魚生魚片，還有蝦子、帆立貝、舞菇、糯米椒炸的天婦羅，蕈菇鮭魚茶碗蒸，醋醃食用菊和小黃瓜，茄子泡菜，栗子濃湯。甜點是水羊羹。

那就茶碗蒸和濃湯吧。我看到眼前的菜色後立刻這麼想，幾秒鐘後才想到自己搞混了，今天不需要留給兒子吃，不需要留下生魚片，以防兒子想要吃我的份，也不需要先把茶碗蒸搗碎吹冷，以免太燙兒子無法吃。

我們用冰梅酒乾杯，然後拿起筷子吃了起來。

臼齒咬佐料感受到的涼意，和糯米椒淡淡的辣味，以及食用菊帶著酸味的口感，都像在嘴裡吹起了陣陣旋風。

「哇，太好吃了。」我忍不住脫口說道。坐在餐桌對面的珠理也深有感慨地說：「已經是秋天了，太棒了。」

「平時做菜時就像拼圖一樣，想著家人喜歡吃的菜、營養和要讓兒子練習吃生蔬菜，漸漸忘記了自己想吃什麼。」

我把還帶有青澀味的茄子泡菜放進嘴裡說道。珠理舀了一匙茶碗蒸，小心翼翼地吞下去後，連續點了好幾次頭。

「每天晚餐都是經過深思熟慮後做出來的，仔細想一想，每天持續製作並不是基於自己想吃這個理由搭配出來的料理，這種行為實在太瘋狂了，而且家人也未必喜歡吃我們做出來的這些料理。」

「的確，小時候的確從來不會把吃飯當成是一件快樂的事……」

除非肚子很餓，否則在玩的時候，或是在看漫畫時，即使聽到「來吃飯了」，也不會感到高興，反而覺得很麻煩，我曾經有過不止一次這樣的經驗。下廚的人看到這種反應會很火大，但吃飯的人內心的感覺完全不一樣。

我回想著小時候的事，淡奶油色的濃湯在嘴裡擴散。口感溫潤濃醇，甜味很有層次。

「不瞞妳說，我幾乎不記得我媽做的菜。因為我小時候都愛吃炒麵和奶油焗烤之類的菜，所以我媽應該做了這種菜給我吃……我唯一記得的事，就是有一次，她在味噌湯裡加了櫛瓜，我就向她抱怨說，哪有人在味噌湯裡加櫛瓜的。這是我唯一清楚記得的事。」

「是喔，她為什麼會在味噌湯裡加櫛瓜？」

「我猜想是因為她身體不舒服，沒辦法出門去買菜，只不過我是在她去世之後，才想到可能是這個原因。」

現在也有很多新潮的味噌湯會加入各種夏令蔬菜，但那時候幾乎都是加蔥和豆腐、海帶芽這種經典的味噌湯。正因為這個原因，所以讓我感到很震撼。

「所以我根本不知道我媽愛吃什麼。既然她身體不好，照理說可以叫外送，但她用冰箱裡剩的櫛瓜來煮味噌湯……可見她還是很注重形式，或者說努力當一個好媽媽。平時做菜應該也顧慮到營養、每個月的餐費開銷，還有我和我爸爸愛吃的菜之類的問題，在我的記憶中，從來沒有看過她高興地吃什麼東西。」

「嗯……聽妳這麼說，我好像也不知道我媽喜歡吃什麼，甚至從來沒有想過這個問題。」

珠理喝完了梅酒，把瓶裝啤酒倒進杯子，大口喝了起來。她用小毛巾擦了嘴唇上的氣泡後繼續說道：

「我想大家應該都差不多，在媽媽身體還很好、經常見面的時候不好意思問，甚至根本沒想過要瞭解，等到想要問時，已經無法再見到媽媽了。」

看到珠理喝得這麼豪爽，我也把啤酒倒進小杯子。一口氣咕嚕咕嚕喝了半杯。

「在我家的育兒問題上也有這種情況。我知道我兒子愛吃鬆餅、拉麵和蛋包飯，對他愛吃的東西簡直如數家珍。還有我老公愛吃的食物，但他們兩個人並不知道我愛吃什麼。」

不僅他們不知道，我現在也不知道自己愛吃什麼了，所以認真當好妻子和母親也有問題。我媽媽是不是也忘了自己喜歡吃的東西？

珠理似乎有了些許醉意，瞇起快睡著的雙眼露出了微笑。

「素子，妳現在也會覺得有點寂寞嗎？」

「嗯。」

「比起孩子把妳視為媽媽和妳相處，妳更希望孩子能夠記住妳這個人嗎？」

「……但這是我長大之後，才有這樣的想法。小時候雖然每天吃餐桌上出現的料理，但好像根本沒有看有什麼菜，渾渾噩噩，完全麻木不仁，也對父母根本沒有興趣，這也是無可奈何的事。」

我知道自己說這些根本無濟於事。我把在湯匙上微微隆起的栗子濃湯送進嘴裡。雖然眷戀，卻無法視為一個獨立的個體。麻木不仁的海一定是這種溫潤的甜甜滋味。

「我相信只有小孩子麻木不仁，素子，我想妳媽媽應該努力想要讓妳繼續當小孩子。一旦有了煩惱，就會想很多，即使在班上，也可以一眼就看出這種同學，覺得那個同學長大了。話說回來，這也意味著每個人有不、同、的、人、生……」

珠理在說話的同時，慢慢爬了起來，伸手拿了放在榻榻米角落的皮包，從皮夾裡拿出一張折起的粉紅色詩籤般的東西。

「找到了，給妳。」

「這是什麼？」

「上個月我生日時，我家兒子給我的。」

看起來像是裁成兩半的色紙上，用黑色鉛筆寫著「所有美夢都成真」的平假名。字跡大小不一，歪歪扭扭，一看就知道是小孩子寫的字。

「我想他寫給我的意思是，只要我拿出這張紙，他就會馬上把東西整理好，或是幫忙我做事，但所有美夢都成真這句話，妳不覺得很厲害嗎？」

「但這麼重要的東西，我不能收下。」

「沒關係，沒關係，我家裡還有三張，妳拿著吧。這是只有身處麻木不仁之中的人才做得出來的魔法券，搞不好會有什麼好事發生。」

「謝謝。」我道謝後，仔細打量著手上的券。

所有美夢都成真。

我在腦海中複誦著這句話，眼瞼內側有一片白色的海洋。那是暖洋洋的、麻木不仁的海。

在吃午餐時，我們除了梅酒，還喝完了一瓶中瓶啤酒和兩小盅日本酒。渾身有一種飄飄然的感覺，離退房還有一點時間，我們決定躺三十分鐘休息一下。

「啊，對了，趁我沒有忘記。」

我把托特包拉了過來，把珠理之前託我買的哨子樣品放在桌子上。她說托兒所用的哨子壞掉了，想要看最近賣得比較好的商品。

有金屬哨子、塑膠哨子，還有裡面有一顆圓球的傳統哨子，以及細長形的哨子和彩色哨子的樣品。我把五個值得推薦的哨子放在桌子上，珠理打開和室的窗戶，拿起每一個哨子，對著眼前的山巒嗶、嗶吹了起來。

柔和的笛聲輕輕撫摸山上的稜線，一直向遠方延伸。

特急列車停車的車站每隔三十分鐘就有一班到山麓溫泉會館的公車，走路也只有十五分鐘左右，我們來的時候一路走過來當做散步。回程的時候因為喝了酒的關係，所以我們討論後決定搭公車。

沒想到溫泉會館前的圓環變成了一片白色的海洋，宛如裝滿了濃湯。會館的職員匆忙地走來走去，聽說溫泉的溫泉水漏了，但因為附近一帶都淹了水，所以目前不知道漏點在哪裡，而且職員很納悶地說，這裡溫泉的湧水量並沒有那麼多。

職員滿臉歉意地聳了聳肩說，公車沒辦法行駛，然後借了海灘拖鞋、毛巾和塑膠袋給我們，叫我們把鞋子和襪子裝進塑膠袋，拖鞋和毛巾丟在車站的紙箱內歸還。因為車站所在的地勢較高，所以電車照常行駛，而且也有職員站在危險的地方協助，叫我們不必擔心，但沿途要小心。我們換上了海灘拖鞋，告別了職員，拉起裙子，折起褲管，走進了及膝的海。

「沒想到竟然會有這種事。」

「好像在泡足浴，感覺很舒服。」

珠理的醉意似乎還未全消，她一路哼著歌前進。

會館周圍雖然很多人，但一走進街上，就完全看不到人影，在危險的地方也沒有看到任何職員的身影，放眼望去，到處都是一片平坦的白色淺灘，完全不知道那裡是空地還是農田，或者是停車場。

「根本沒看到人。」

「剛才說還沒有找到哪裡在漏水，所以可能都分頭去找了吧。」

我有點不安地東張西望，發現有很多房子看起來像空房子，所有的商店都拉下了鐵門。除了我們以外，路上沒有任何行人。

眼前的景象完全變了樣，我們似乎在哪裡走錯路了。

我們始終找不到成為記號的加油站招牌，迷失了往車站的方向。

「真傷腦筋。」

「要不要先回會館？」

「等一下，我看一下地圖應用程式。」

珠理大膽地掀起了長裙，把裙襬打了一個結，變成了迷你裙，看了手機後皺起眉頭。

「這裡沒有訊號。」

「斷訊嗎？」

「可能吧，而且這裡是在山區，原本訊號就可能比較弱。」

「嗯。」

這下子真的走投無路了。我在自己的托特包裡翻找著，看能不能找到什麼東西可以派上用場。

「這種時候，不正是哨子大顯身手的好機會嗎？」

「有道理。」

我把珠理剛才選中的那個線條帶著弧度的檸檬黃哨子交給她，然後把自己參與開發的銀色細長形哨子放在嘴裡。

我們邊走邊嗶、嗶吹了起來。附近完全聽不到說話的聲音、電車的聲音和任何生活的聲音，清脆的哨子聲響徹泡了溫泉水的街頭。

嗶、嗶、嗶、嗶。

我覺得我們就像在求助的雛鳥。

「啊，好像有聲音。」

劈嗚。不知道哪裡傳來比我們的哨子聲音稍弱，但可以感受到明確意志的聲音。我們循著那個聲音，轉過街角，穿越小徑。劈嗚、嗶、嗶。柔和的口哨聲來自一家很有歷史的洗衣店二樓，一樓店面拉著鐵捲門，一個穿著深藍色T恤和花卉圖案七分褲的初老婦人站在二樓的陽台上，看到我們後，向我們揮手。

「妳們遇到什麼麻煩了嗎？」

「不好意思，我們想去車站，但迷路了。」

「車站不在這個方向，最好等水退了之後再去，妳們可以從旁邊的樓梯走上來。」

婦人說話時，指著房子側面的側梯。我們就像遇難的人終於來到島上一樣，走進了她家。

二樓的房間整理得很乾淨，也沒有太多東西。四坪大的和室內放著衣櫃、電視和矮桌，折起的被褥放在房間角落。她應該就在這個房間內生活。

「妳們的長褲和裙子都溼了，穿在身上很不舒服吧，我幫妳們拿去洗。」

我們借了她家的浴室沖了腳，她借給我和珠理各一條寬鬆的短褲。謝謝。我們道謝後換上了短褲，然後在和室找位置坐了下來，突然感受到強烈的睡意。因為我們喝了酒，而且又在溫熱的水裡走了半天，緊張的心情一旦放鬆下來，就感到昏昏欲睡。

「沒關係，如果妳們累了，可以躺下來睡一下，等水退了之後，我會叫醒妳們。」

婦人的聲音聽起來很善解人意。不好意思，真的很不好意思。我嘴裡小聲嘀咕著，靠在牆上休息起來。

她似乎正在吃飯，矮桌上放著還沒吃完的料理。雞蛋淋在飯上，還有小蕃茄、胡蘿蔔、蘿蔔和小黃瓜醃的彩色西式泡菜，還開了水煮鮭魚中骨罐頭。

看著看著，我覺得興奮得坐立難安。這個婦人一定從來不吃自己不喜歡的食物，因為從她清爽的餐桌可以感受到這種果斷和喜悅。

婦人繼續吃飯，筷子尖碰到餐具發出了輕微的聲音。她臉上的表情淡然，甚至有點慵懶，但雙眼微微發亮。

「有時候會遇到這種情況，妳們不必擔心，等一下就可以回家了。」

「好。」

我知道這個人不是我媽，但我好像在哪裡看過我媽神采飛揚地吃什麼東西的瞬間，但並不是和家人一起吃飯的時候。我曾經帶著不可思議的心情看過幾秒鐘這樣的景象。

婦人把小黃瓜泡菜送進嘴裡，發出了滋潤的聲音。

「啊！」

深夜時，媽媽在廚房吃蘋果。切成一口大小的蘋果沒有削皮，還留下了紅色的皮，裝在小碗裡，上面插了牙籤。我去上廁所時剛好路過，忍不住「咦？」了一聲，媽媽把還剩下很多塊蘋果的小碗遞給我，說我可以全部吃完。

我當時為什麼會接下來？早知道應該和媽媽一起吃。

婦人放下了筷子，在喝麥茶時轉頭看著我們說：

「妳們很會用手指吹口哨，我剛才窗戶關著，也聽得一清二楚。」

「……啊，那不是我們吹的口哨。呃……」

我搖著沉重的腦袋，伸手拿起托特包。我很想睡，隨時都會倒地睡著。我發現珠理趴在榻榻米上，縮著身體睡著了。我移動沉重的手腕，把剛才給珠理一個之後，還剩下四個的哨子樣品放在榻榻米上。

「謝謝妳救了我們，妳可以挑選一個喜歡的，讓我聊表心意。」

「可以嗎？」

婦人遲疑了幾秒鐘，最後拿起了銀色的細長形哨子。

這個是我最推薦的。我笑著說話時，眼皮垂了下來，被吸入了好像天鵝絨般發著光的黑暗中。

小姐，小姐。有人在叫我們。小姐，退房時間到了。我猛然坐了起來，發現嘴邊到下巴有什麼溫熱的東西。哇，是口水。

眼前是熟悉的和室，這裡是我們上午造訪的溫泉會館內的房間，窗外是開始出現紅葉的山景。

聲音從關上的紙拉門外傳來。

「啊。好！不好意思，我們馬上就離開。」

瞭解了。那個聲音淡然地回答後，腳步聲漸漸遠去。

躺在桌子另一側的珠理緩緩坐了起來，臉上有榻榻米的印子。她緩慢地環顧室內。

「珠理，慘了，已經過了退房時間。」

「啊，什麼？不會吧？」

我們慌忙整理好衣服，擦掉口水，拿起行李衝出房間，在櫃檯辦理了退房，然後走出溫泉會館。

擠滿遊覽車和計程車的圓環很乾燥，午後和煦的陽光將圓環照得有點刺眼。我帶著無法釋懷的心情坐上了往車站的公車。

「剛才睡得好熟。」

「我也是。」

車窗外是一片隨處可見的清靜街景，我瞪大眼睛，試圖在小巷深處尋找是否有洗衣店，但並沒有發現。

「雖然睡得很熟，但覺得很累……是不是泡澡泡過頭了？不好意思。」

珠理向我打了聲招呼，蹺起了二郎腿，從裙襬下露出的小腿有一半都紅了，簡直就像剛泡完足浴。

嗶。我站在月台上等待特急列車時，對著群山環繞的溫泉街吹起了哨子，希望我和珠理，希望活在此刻的所有母親，以及住在其他地方的母親，都能夠吃到自己想吃的東西。

「妳在幹嘛？」

「沒幹嘛。」

特急列車即將駛入三號月台。在廣播聲的回音中，我確實聽到了嗶。山的盡頭響起了清脆的哨子聲。

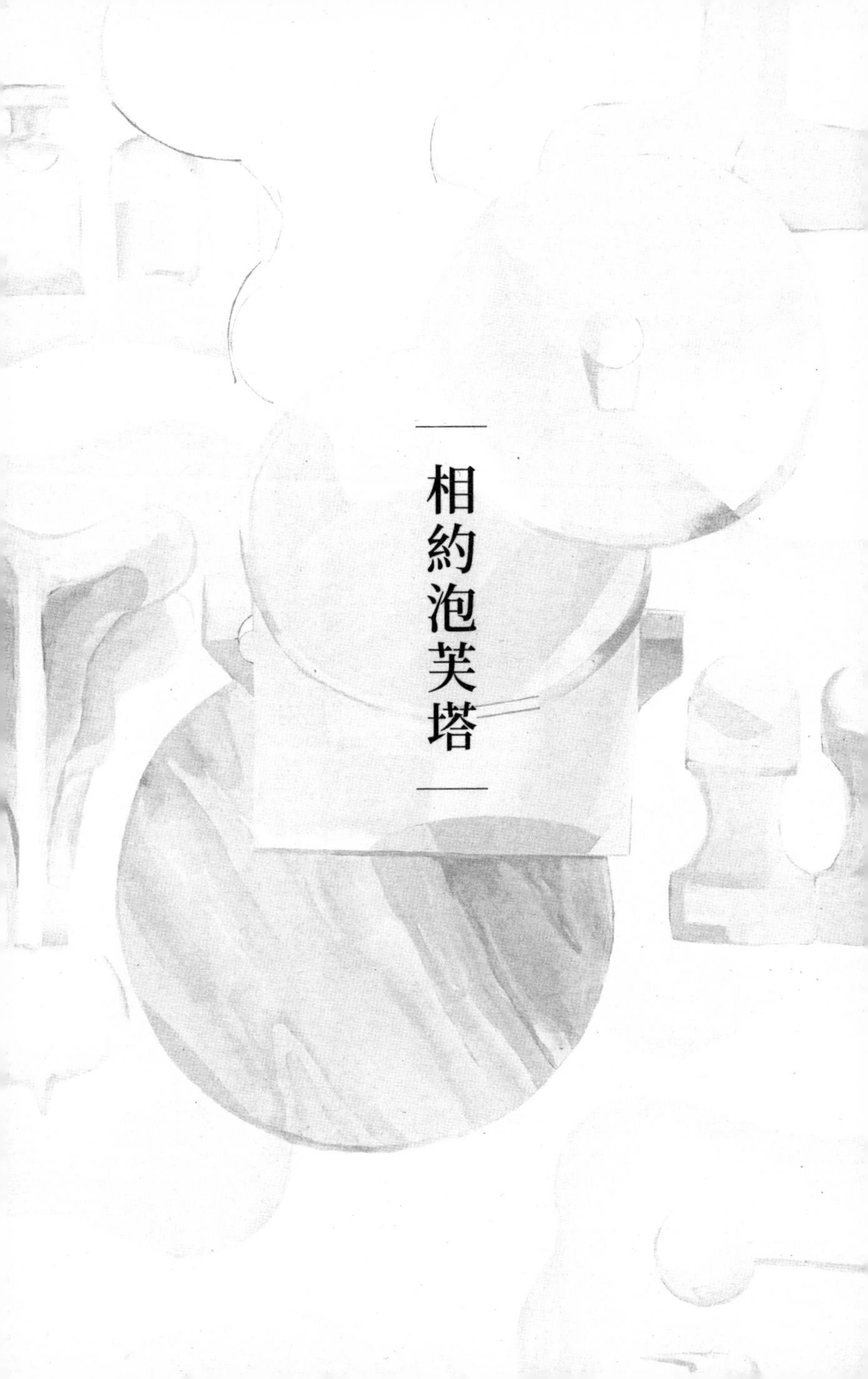

相約泡芙塔

我想把洋芋沙拉裝盤。

我想到了那個陶製的深碗，蒼藍色上有許多白色星星，令人聯想到冬日的夜空。粉紅色的明太子洋芋沙拉壓成球狀裝在那個碗裡，看起來就像是飄浮在宇宙中的孤獨行星。我內心帶著這樣的期待，踮起腳尖，把手伸向碗櫃的最上層。那個碗拍照很好看，所以我很喜歡，平時也經常使用。

我像平時一樣，用指尖勾住碗的邊緣，像平時一樣把碗拉出來，但我也搞不懂為什麼會發生那種事。

深碗滑過我的手指，旋轉著掉了下來。下一剎那，就在地上摔得粉身碎骨，簡直就像一滴水掉在地上般輕而易舉。我注視著藍色陶瓷片，愣了三十秒左右後，抓起手機，打電話給雄牙。

「黑夜深碗摔破了。」

「……這樣啊。」

電話那一頭的雄牙聲音很冷淡。他可能正在外面，電話中可以聽到人聲和風聲。

「你可以再幫我燒一個嗎？因為我常用，少了這個碗，我會很傷腦筋。」

「夜子，妳真的還是老樣子。」

他厭煩的聲音中帶著不悅。他為什麼會發出這種聲音？是因為我很久沒有和他聯絡的關係嗎？雄牙是我的前男友，當時也是我的工作夥伴。

「我問妳，妳知道今天是星期幾嗎？」

「呃……嗯。」

「今天是星期天，我應該曾經告訴妳，我已經結婚了，我們全家一起來公園。」

「這樣啊，真不錯。」

「這不是重點吧。」

他的嘆氣聲溼了我的耳朵。他說話還是那麼拐彎抹角。和家人共度的幸福日子，接到新的訂單不是錦上添花嗎？而且以前交往時，他和我工作起來都不分平日和假日，週六和週日接到工作的聯絡也是理所當然的事。結婚之後，人就會改變。改變當然沒問題，但是認為周圍的人也要跟著改變的想法，讓人無法苟同，至少我無法這樣輕鬆切換。

「不好意思，假日打電話給你，那我訂三個做為道歉，我還想要同系列的盤子和吃蕎麥麵的小碗。」

「不，不光是這樣。對妳來說，也許只是很好用的餐具而已，但對我有不同的意義。至少妳不應該這樣草率地打電話來訂購，完全沒有任何情感上的體貼。」

「我只是委託工作，還需要有情感上的體貼嗎？」

那個深碗的確有點特別。那是我們關係很好的時候，雄牙特地為我製作的生日禮物。那時候我開始在料理界小有名氣，在造訪人數持續攀升的部落格發文時，這個深碗出現過好幾次，大家都說很漂亮，還說可以讓日常的料理看起來像藝術品。因為深受好評，之後以深碗為主，推出了一系列使用藍色釉藥的作品「黑夜餐具系列」，目前也是雄牙工房內最受歡迎的經典商品。當時，我們熱愛、提升了彼此的才華，於公於私，都是最理想的夥伴。

但是，這一切都已經結束了。

「你也該放下了。」

「我最討厭妳這種大刺刺的個性。」

「你討厭我也沒關係，工作和喜歡討厭是兩回事。」

「妳當初甩了我，卻想要我做的餐具嗎？」

「算了。」

我覺得我們永遠都在雞同鴨講。煩躁超越了忍耐，我不加思索地掛上了電話。雄牙立刻回撥給我，我把手機調成靜音，不理會他的來電。

這下子該怎麼辦？又必須從頭開始構思了。少了那個深碗的確很傷腦筋。我轉過頭，無助地看著金屬盆內的櫻花色洋芋沙拉。

住在埼玉老家的媽媽告訴了我幸最近的情況。

幸的媽媽和我媽在我們的國中入學典禮上認識之後，就一直是好朋友。再加上住得很近的關係，以前在讀書時，我們兩對母女經常一起去看舞台劇或是聽音樂會。

「聽說小幸最近回到娘家了，妳聽我說……將太上個月死了。」

「什麼？」

將太是幸的兒子，今年四歲，我之前曾經寄過幾次生日禮物給他。

「我不知道這件事，到底是怎麼回事？」

「他從公園的遊樂器材上摔了下來，剛好摔到頭……真是太慘了。」

「無論如何，我回去看看，我後天傍晚就會到家裡。」

「我等妳。」

我已經一年沒有和幸見面了。

一年前，在參加同學會結束後回家路上，向她揮手道別時，我覺得和幸的朋友關係應該到此為止了。

因為她這幾年的變化太大了。她原本在比利時糖果廠商的日本分公司做業務工作，和她媽媽一樣喜歡欣賞舞台劇，跑馬拉松也是她的興趣之一，是一個很活潑的人。她因為懷孕辭職之後，就不再去看之前喜愛的演員演出的劇目，也沒有再參加以前每年都不缺席的馬拉松比賽。

如果以為她有了什麼新的興趣愛好，那就錯了。我們有時候會用社群軟體聊近況，自從將太出生後，她的話題幾乎都是育兒的事，完全不提除此以外的話題。因為要繳房貸，所以她的衣服越來越樸素，即使邀她去聽現場演唱或是去旅行，她也都拒絕，說老公會不開心，而且將太離不開她。

如果說，進入家庭就是這麼一回事，我也無話可說，但我覺得之前一起玩樂世界的渡部幸這個女人消失不見了，感到很無趣。幸也常對我說，「夜子，妳很自由」、「妳很時尚」、「妳有自己的工作」，似乎和我保持距離。

「妳會不會太累了？」

同學會結束後，我們一起去咖啡店時，我小聲問她。說自己好久沒有喝醉酒的幸，喝著拿鐵滿不在乎地笑著說：

「妳為什麼這麼問？我很好啊。」

「因為妳臉書上發文都是關於將太的事。」

「當媽媽就會這樣，很多事都忙不過來。要做家事，還要去採買、照顧孩子，還要接送孩子去上才藝班，一眨眼的工夫，一天就結束了，但這樣的生活很充實。家人的笑容比自己的笑容更能夠感到幸福……」

「哇，好偉大。」

每個人在結婚之後，都會有這種菩薩心腸嗎？幸笑了笑，天真無邪地說：

「夜子，等妳結了婚，有了孩子之後，妳就會知道了。到時候，妳就不會再做單身族一個人吃的料理，而是升級到給全家人吃的料理。」

「升級……」

原來給全家人吃的料理就等於升級了。彼此的感覺一旦發生分歧，就很難再吻合。我們也許已經走上了不同的路。我帶著這樣的心情，在下著小雨的車站前向她揮手道別。

沒想到會以這樣的方式再次見到她。

「這是夫妻必須一起克服的問題。」

或許是因為窗簾都拉起，也可能是地上積了灰塵的關係，雖然客廳整理得很整齊，但有一種荒涼的感覺。幸的媽媽眉頭深鎖地說：

「我能夠體會她恨浩次為什麼沒有照顧好將太，但是，這種時候夫妻更要團結。因為最痛苦的就是浩次啊，沒想到她整天關在房間內不出來……我對她婆家也很不好意思。唉，將太……為什麼會這樣，將太……。他叫我婆婆的聲音很可愛，可愛得簡直連耳朵都要融化了。真希望可以再聽他叫我一聲婆婆……」

我媽一臉沉痛的表情摸著淚眼婆娑的朋友後背，我不置可否地附和了一聲，起身走向二樓。

幸在將太的喪禮結束後就回到了娘家，整天躺在自己的房間，連飯都不好好吃。以前讀書時曾經來過幸位在二樓的房間好幾次，如今關著門，即使我敲門，房間內也沒有任何回應。我試著轉動門把，卻無法打開，手掌感受到無法轉開的堅硬感覺。

「幸，我是夜子。」

我叫了一聲，舌頭懸在口腔內。

我該說些什麼，但該說什麼呢？我打量著沉浸在悲傷中的房子，樓下兩個媽媽的啜泣聲順著樓梯爬了上來。

「要不要出去走一走？今天外面很暖和。」

門內仍然一片靜悄悄。

「還是妳想留在這裡？」

我向她確認。

等了慢慢數到十的時間後，我聽到了地板擠壓的聲音。

即使是深陷在很深、很深、很深，深得像馬里亞納海溝般那麼深沉的悲傷之中，但看在旁人眼中，也覺得是不是因為生理期，所以身體有點不舒服？這是我看到好久未見的朋友時的感想。幸穿了一件淡綠色的運動衣，下半身穿了一件淺色的運動褲，穿上運動鞋後，跟著我出了門。她齊肩的中長髮翹了起來，因為沒有化妝，所以眉毛只剩下半條，嘴唇很乾，臉頰繃得很緊，但就只是這樣而已，她看起來還是一如往常的幸。

真的很慶幸天氣稍微回暖了。如果正值冬季，甚至無法帶她出門走一走。我們走在河邊的散步道上，欣賞著從民宅圍牆內探出頭的梅花。讀國中的時候，我們上下學經常走這條路。我走在她前面，幸既沒有看風景，也沒有看我，垂著雙眼，看著我小腿的位置。

「沒想到那裡開了一家店。」

中途看到一棟民宅將一樓重新裝潢後，開了一家漂亮的咖啡店。我在說話的同時轉過頭，忍不住大吃一驚。因為幸完全沒有任何預兆，也沒有發出任何聲音，只是稍微噘起下唇，露出有點為難的表情，但大滴的眼淚撲簌簌地從她的兩個眼睛中流了下來。她看著我，微微皺起眉頭，然後低下頭，向我伸出手掌，似乎不希望我打擾她。

雖然只要一瞬之間就可以流下眼淚，卻需要很大的力氣才能讓眼淚不再繼續流。幸皺起眉頭，用手背擦著眼睛，喉嚨不時發出啜泣聲。帶狗散步的人，和穿著運動夾克慢跑的人經過我們身旁時都移開視線，不看正在哭泣的她。

等了五分鐘左右，幸終於收起了淚水。

「要不要休息一下？」

我指著剛才那家咖啡店，幸一臉疲憊的表情點了點頭。

那是一家包括吧檯在內，總共只有十個座位的小店。我點了咖啡，幸點了奶茶，然後我們坐在窗邊的餐桌旁，看著泛著銀光的河面。我想起以前在瀰漫著便當味的教室內，聽著廣播中傳來〈滿天晚霞〉的歌聲，走在回家的路上時，我們經常一起共度這種無所事事的時間。

「妳喜歡娘家嗎？」

我隨口問道。幸無力地聳了聳肩。

我回想起她家昏暗的走廊、啜泣的聲音，和鎖上的門。我不想讓她回去那個充滿悲傷的家裡。下一刻，我立刻發現，我現在可以做小時候無法做到的事。

那是像肥皂泡無聲破裂般似有若無的淡淡喜悅，也許這並不是太善良的喜悅，感覺像是我想試試自己的能耐。但是，至今為止，我從來不曾在內心發現過不存在絲毫愧疚，百分之百純潔的好意，如果要求百分百，我應該無法做任何事。

我們喝完了飲料，身體暖和之後走出了咖啡店。

「妳來我家吧，我認為這樣比較好。」

幸聽到我這麼說，眨了眨那雙黑色大眼睛，像一隻聰明的貓一樣悄悄看著我的眼睛。我感到有點害羞，但還是注視著她的眼睛。

幸看起來在猶豫，也許她目前的精神狀態無法思考。我牽起她的手，她指尖用力，但立刻抽出手，然後握住了我的手掌。我們像在繼續散步般一路走去車站，我為身無分文的幸買車票。

我按下售票機按鈕的指尖有點麻木。我不知道這麼做是對還是錯，但我踏出了這一步。

非假日的電車上沒什麼乘客，但穿著居家服，臉上完全沒有化妝的幸坐在電車上還是覺得很不可思議。我必須把毫無防備的她安全地帶到我位在東京都內的公寓，我覺得好像在保護什麼易碎的物品。坐在座位上，陽光照在肩膀和脖子上很暖和。電車出發後不到十分鐘，幸原本上下抖動的腦袋用力垂了下來。

當天晚上，我猜想幸的腸胃目前很弱，吃不下太多東西，於是就用雞胸肉和蘿蔔泥加生薑煮了湯。

我裝了滿滿一大碗湯，連同湯匙一起放在她面前。不知道為什麼，幸一臉目瞪口呆地注視著琥珀色的湯。

「怎麼了？」

即使我問她，她也沒有反應。

啊！該不會……？我還來不及緊張，淚水已經從她的雙眼流了下來，然後她又抽抽噎噎地哭了起來。沉浸在悲傷中的人，就像吸滿了水的海綿，只要一點點契機，水就會溢出來。

我看著哭泣的幸，吃著為自己做的海帶芽飯糰，然後舀了一口湯送進嘴裡。原本覺得油會造成腸胃的負擔，所以剛才沒有用油，但還是加點油比較好喝。我起身拿了麻油，滴了幾滴在自己的湯裡。

當我吃完時，幸終於拿起湯匙，把湯送進嘴裡。

「真、真好吃。」

她語帶悲傷地說，淚水從眼角流了下來。

吃完飯，我借了睡衣給滿臉憔悴的幸，然後在客房內鋪了被子，讓她睡在那裡。

雖然我剛才傳了電子郵件給我媽，但手機設定成靜音。我拿起手機一看，果然不出所料，有一整排未接來電，都是我媽打來的。我走去陽台回電話給我媽，以免吵醒幸。

「妳為什麼自作主張！」

「對不起，但是如果我先說的話，妳們一定不會贊成。」

「這是理所當然的啊，小幸目前的處境很困難。」

「我知道，如果她看起來不舒服，我會帶她去醫院，也會帶她去心理諮商。」

「我不是說這些！唉！」

我媽發出了煩躁的聲音。

「我是說她面臨離婚的危機！她沒有安慰留下心理創傷的丈夫，回到娘家整天睡覺就已經很不妙了，如果她的公婆知道她和朋友跑出去玩，怎麼可能諒解她？妳要動動腦筋！這個世界沒有妳想的那麼簡單，妳希望看到小幸離婚嗎？」

「我們沒有跑出去玩，剛才她只喝了一點湯就去睡覺了。」

「無論實際情況如何，如果對方這麼想，就無法挽回了。」

「我白天就有點搞不清楚，為什麼要安慰她老公？」

「……因為將太是在浩次的面前掉下來。公園裡不是經常有用圓木搭的遊樂器材，小朋友可以爬上去玩嗎？聽說將太在上面和其他小朋友相撞，結果頭著地，流血不止……在等待救護車期間，浩次驚慌失措地按住傷口。」

「那時候幸在哪裡？」

「好像去附近買菜了。」

「這樣啊……」

突然失去了心愛的兒子當然會崩潰，幸無法安慰產生了心靈創傷的丈夫固然不值得稱讚，但我覺得這也是無可奈何的事。

「結婚之後，即使悲傷得快要發瘋了，也必須顧慮家人嗎？」

「誰不是這樣？」

「騙人。」

我忍不住用鼻子發出冷笑。

「如果真的是這樣，我慶幸自己沒有結婚。」

「妳……真是長不大……等妳上了年紀之後，周遭就會發生變化，妳遲早會為自己孤單無依感到後悔，唉！」我媽不悅地嘆了一口氣，用嚴厲的聲音叮嚀「明天要讓小幸回來」後，掛上了電話。

明天要讓幸吃什麼？

頭三天時，幸每次吃飯都會哭。其中有一天白天我要出門開會，所以用沙鍋煮了鱈魚水京菜豆腐湯，並沒有看到她吃的樣子，但我猜想她一定哭了。感覺就像是她也無法控制水從身體中溢出來般，自動流下了眼淚。

如果說，我不好奇為什麼吃飯會打開她哭泣的開關，當然是說謊，但即使她向我說明，我也未必聽得懂。更何況前男友和我媽整天罵我沒有同理心，所以我覺得我無法理解的機率更高。

第三天晚上，我偷懶把高麗菜的葉子和絞肉像千層派一樣一層一層疊在一起，用蕃茄同煮後，做成偽高麗菜捲端到幸的面前，她就像剛起床的人一樣頻頻眨眼看著我。

「夜子。」

「嗯？」

「我可以住到什麼時候？」

之前她最多只是用點頭、搖頭和我溝通，我覺得很久沒有和她說話了，所以很高興。

「妳想住多久都沒問題，反正我一個人也要吃飯，多一雙筷子而已，而且我也沒有為妳做其他的事。」

「對不起，我會付妳伙食費。」

「才不要，妳有沒有想吃什麼？」

我問，幸偏著頭想了一下後說：

「我想喝咖啡。」

「好，那吃完飯我來泡咖啡。」

既然她想喝咖啡，代表她的腸胃已經幾乎恢復了。明天開始做一些口味稍微重一點的菜。

我在收拾碗筷時燒了開水，然後把法壓式咖啡倒進馬克杯，加了砂糖，再加了有奶泡的鮮奶後交給她。

「謝謝妳。」

幸很有禮貌地說完，喝了一口歐蕾咖啡。

「飲食的威力太強大了。」

原本以為幸的心情終於平靜了，沒想到她的眼眶中再度含著眼淚。

「既強大，又可怕。」

「可怕？」

「會讓人想要活下去。」

「妳在說什麼啊？」

幸發出了痛苦的嗚咽，花了很長時間，喝完了一杯歐蕾咖啡。

失去兒子會讓父母在要不要活下去這種根本問題上產生動搖嗎？

「我從來沒有這麼想過。」

我脫口說道。我原本提議取消原本安排好的拍攝行程，陪幸一起去醫院，但幸搖了搖頭。因為她這幾天已經平靜了不少，所以似乎不需要太擔心了，但為了謹慎起見，我還是在上午和下午各打了一次電話給她。她說正在看連續重播的舊電視劇，因為是她很喜歡的演員主演，我想暫時應該不會有什麼問題。她不會輕易倒下。這是我身為她朋友的直覺。

剛上市的夾果蕨嫩芽汆燙後鮮綠欲滴，配上混入梅肉的美乃滋，裝在明亮的灰黃色長方形餐盤中。同時準備了燉蜂斗菜和醋味噌拌土當歸，並在餐盤角落放了一朵梅花。

「完成了，堀家先生，麻煩你來確認一下。」

我對一臉不悅的表情，在攝影棚角落抱著雙臂的雄牙叫了一聲。今天因為要拍照，他穿了西裝。他身材高大，再加上板著臉，看起來就像武打片中保護達官貴人的保鑣。大家看到他都很害怕，不敢和他說話。他慢條斯理地走過來，瞥了一眼完成的那盤料理說：

「……應該可以。」

「堀家先生說ＯＫ，麻煩各位了。」

「好，那就開始拍攝。」

始終面帶笑容的資深編輯一聲令下，攝影師和助理走了過來。我和雄牙離開桌旁，在牆邊看著他們拍攝。我在這本女性雜誌上寫連載，下個月要寫野菜特輯。除了三拼盤以外，還有油菜花蛋花湯，和蒜香辣椒橄欖油拌人參木嫩芽。順利完成了今天要做的三盤菜，我終於放了心，忍不住吐了一口氣。

「……妳就那麼想要我幫妳做那個深碗嗎？」

身旁的雄牙小聲對我說道，我起初聽不懂他在說什麼。

「——啊？嗯？喔，不是啦。野菜的話，還是想要呈現食材的顏色，所以你做的那些彩色度很節制的餐盤最相配。最近推出的灰色小菜碟系列也很好用，價格也不會太貴，我覺得這本雜誌的讀者會接受。——你以為我是為了討好你，才會找你合作嗎？」

「在這個節骨眼，誰都會這麼想。」

「我才不會做這種事。」

「嗯，妳的確不會做這種事。」

這本女性雜誌的銷售量持續增加，這次六頁全彩的料理照片中使用了他的作品，同時還有料理研究家和陶藝家對談，雜誌上當然也會刊登雄牙工房的資訊。我提供了這麼理想的工作機會，他卻愁眉不展。

「……理沙不喜歡我和妳一起工作，因為她知道妳是我的前女友。」

「什麼意思？莫名其妙，我怎麼會知道？而且也不關我的事。」

「別人可不這麼想。」

「唉，算了。」

因為我知道這個習慣很沒品，所以盡量改掉這個習慣，但還是忍不住用舌頭咂了一下。

「為什麼只要扯到感情，就會混為一談？我們的確曾經交往過，但在此之前，我們就是彼此很重要的工作夥伴，為什麼分手之後，連工作上的關係也要解除？你和理沙是不同的個體，也有各自的工作，她為什麼要干涉你的人際關係？不光是你們，父母和兒女、夫妻之間，還有兩個家庭之間都黏在一起，理所當然地剝奪另一方的能力和東西，病態地認為自己和對方是一體，無視問題的本質，只是為了顧全無聊的體面，我完全搞不懂為什麼會變成這樣。我真的沒辦法結婚。」

不愉快的記憶在腦海深處探出頭。

我們會解除婚約的原因之一，就是雄牙家裡在自家經營的堀家工房旁邊開了一家餐廳，雄牙的父親要我們夫妻一起經營那家餐廳。太太做的料理裝在先生做的餐具裡，簡直就是天造地設，一定可以成為這一帶的熱門餐廳！雄牙的父親把我視為可以由他安排的廚師。我對必須被迫接受這種我根本不想要的人生規劃感到不知所措，雄牙卻完全沒有向他父親提出異議。他在外面看起來是獨立的個體，但回到家裡，就和父親合為一體了。

雄牙面對我的煩躁，事不關己地聳了聳寬闊的肩膀。

「大部分人都不會像妳那樣，把家人和個人分開思考。」
「是喔。」
「……真難得啊，怎麼會這麼生氣？又和妳媽吵架了嗎？」
「才不是呢。」
我並不想告訴他，但因為太多事無法產生共鳴，我可能感到心很累，所以忍不住說了出來。
「我朋友的小孩死了，她深受打擊，自己也不想活下去了，不知道該怎麼辦才好。」
雄牙沒有回答，我轉過頭，發現他鬆開了眉頭，瞪大眼睛，毫不掩飾臉上的驚訝。
「……太驚訝了。」
「啊？」
「妳原來有朋友，而且是這麼重視的朋友。沒想到妳竟然會這樣關心別人。」

「你說話沒禮貌也該有點分寸，你除了陶藝以外，其他各方面都很渣。男尊女卑，不求有功，但求無過，雖然努力想要裝得很豪爽，但很會記仇，而且為什麼對根本不是你另一半的女人說話這麼隨便？」

「妳以前不是很喜歡我嗎？」

我很想揍當年誤把搞不清楚狀況的男人當成了有自尊心的男人。我無視他噁心的俏皮話，他一臉無趣地嘟起嘴繼續說道：

「小孩子就像是父母的體外要害，就像是內臟。如果內臟被打爛，不是會死，或是快死了嗎？所以妳那個朋友看起來也快死了吧？」

「……我完全無法想像，簡直就像是不同世界的事。」

「家庭本來就是不同的世界，和社會不一樣。很多事會慢慢發生偏差，愛情讓某些磁場出問題，有些規矩在家庭中變得理所當然。」

雄牙在喉嚨深處發出低吟，又繼續說了下去。

「只要理沙提出要求，即使她的要求很不合理，在外人眼中很愚蠢，我也會盡可能滿足她的心願。」

「是喔，那你又為什麼接這次的工作？」

「因為我也在做生意，曝光不是很重要嗎？只不過刊登了今天的對談和料理照片的報導，我應該不會讓理沙看到。我就是用這種方式顧全妳口中的無聊體面，努力維持家庭和社會之間的平衡。」

「是喔……聽起來很狡猾。」

「這並不叫狡猾，而是靠忍耐，盡可能滿足兩個世界的要求。如果一切都實話實說，大聲說出這樣才對、那樣不對，當然很輕鬆。……只不過要實際身處這樣的環境，才有辦法瞭解。」

「我沒辦法瞭解。」

我們臉上都帶著不悅的表情互看著，這時，攝影師拍攝完成了。

「讓兩位久等了，接下來開始對談。」編輯很有活力地說完後在前面帶路，原本靠在牆上的我們也跟了上去。

拿了塞滿信箱的廣告單後走上樓梯，我看到一個身穿西裝的男人站在我家門口。

那個男人看著手機螢幕，對著門舉起了另一隻手。

「呃！」

我的心臟用力跳了一下，忍不住停下了腳步，高跟鞋的鞋跟發出了尖銳的聲音。那個男人轉過頭，收起下巴，客氣地向我點了點頭。

「木下夜子……小姐嗎？我叫水島浩次，是水島幸的丈夫。」

我原本以為他是強盜，但仔細一看，發現他的服裝很乾淨，五官也很樸素，感覺很善良。不知道是否從事什麼運動，身材很勻稱。

啊，原來就是他驚慌失措地捂住了兒子不斷失血的傷口。這麼一想，就不由得心生同情，覺得必須對他好一點。

「……請問有什麼事嗎？」

「很抱歉，我太太給妳添了麻煩。」

「不，別這麼說……是我擅作主張。」

「幸和知心朋友在一起，心情應該也平靜了，但我聽說她已經在這裡麻煩妳很久了，妳有自己的工作，她不能繼續增加妳的負擔，所以我來接她回家……但她似乎有點意氣用事，不好意思，可以請妳把門打開嗎？」

「喔……是。」

他說話很流暢，聽起來很舒服。我猜想他應該從事業務工作。他說的話大部分聽過就算了，但麻煩、負擔這些平時很少聽到的話留在耳朵裡。原來他不光擔心幸的事，還為我的工作擔心。這個人還真體貼。我把手伸進皮包找鑰匙包時，放在口袋裡，設定成靜音的手機震動了一下。

這個時間有誰傳訊息給我？是工作上合作的對象嗎？

我想了一下，想到了一個非常、非常不樂見的可能性。

我把中指指尖碰到的鑰匙包小心翼翼地塞回皮包底。

「……謝謝你的關心，但我既不覺得幸是麻煩，也不認為她是負擔。當朋友深陷痛苦的狀況時，只要能稍微帶給她一點安慰，就是我莫大的榮幸。」

「但是……」

「在幸心情平靜之前，在她自己說已經沒問題之前，我希望她可以自由地留在這裡。當初我邀請她來家裡，她也應我的邀約來到我家，這是她基於各種理由和感情的判斷，請你不要無視她的判斷，自作主張地處理這個問題。」

站在我面前的男人眉毛抖了一下，似乎很不愉快，又似乎很受不了地緩緩搖了搖頭。

「……這太奇怪了，這是我們家人之間的問題，為什麼妳這個外人要介入？廢話少說，趕快把門打開，我要和幸當面談。」

「你們已經用手機談過了吧？即使你按門鈴，即使你敲門，幸也沒有開門，不是嗎？既然這樣，我也無法開門，請你離開。」

「妳似乎誤會了什麼，我並沒有……」

「這和誤不誤會沒有關係，也無關對錯，我只是希望優先考慮如何讓幸安心，讓她能夠接受。」

原來這就是所謂愛情造成磁場出問題嗎？我在說話時想道。別人一定認為這個丈夫說的話完全正確，我是破壞他們家庭的怪人。即使是這樣，我現在仍然必須拒絕這個男人。

幸的丈夫用充滿怒氣的雙眼狠狠瞪著我。

「我要報警囉。」

「……請便。如果警察上門，應該會覺得你很可疑。屋主不在家時，你曾經敲門，試圖打開門吧？住在隔壁的奶奶整天都在家裡，和我也很熟，我相信她會為我作證。」

「妳的所做所為根本是綁架。」

「所以你真的打算一直否認幸有自己的意志嗎？」

幸的丈夫目露兇光，氣鼓鼓地離開了。他走過我身旁時撞向我的肩膀，腳步沉重地走下公寓的樓梯。我聽到他的腳步聲走到一樓時，立刻閃進家門，然後急忙鎖上門，掛上門鍊。

撲通、撲通。心臟用力跳動。我終於深深吐了一口氣，看到幸在玄關前，手拿手機蹲在那裡。

眼淚無聲地從她的眼中流了下來。完了，她又恢復了吸滿水的海綿狀態。

「……有家暴之類的問題嗎？」

幸痛苦地皺著眉頭，搖了搖頭。

幸說她之前就隱約察覺到一件事。

丈夫對兒子太嚴格了。

將太並不是個性很強的男孩子。他很愛撒嬌，喜歡做點心，也喜歡打扮，出門前，會拿出好幾雙喜歡的襪子，一雙一雙試穿後，決定穿哪一雙出門。有時候說想要和幸穿母子襪，特地挑選和幸同色的襪子。他就是這樣一個心思細膩的孩子。

「浩次看到將太這樣很擔心……說這樣會被同性的朋友看不起，所以教他很多事。」

「他不是才三歲嗎？像男生或是像女生還很不明顯，這不是很正常嗎？」

而且這個世界上有許多很有時尚品味、喜歡做甜點的男人。他們都很有魅力，我完全搞不懂妳老公在擔心什麼。幸聽了我的話，想了一下說：

「他可能對將太會變成和他完全不同類型的孩子感到不安。父親和兒子不是會這樣嗎？覺得兒子像自己是理所當然……如果兒子像自己就會很得意……算是一種期待？」

「我真的很討厭這種人。」

我忍不住煩躁地罵道。幸膽怯地露出了緊張的表情。唉，我總是會不自覺地讓人感到畏縮。

「對不起，妳繼續說。」

「……我認為浩次藉由這種方式表達父愛，看到將太怕水，就把他丟進泳池，或是特地要他爬去高處。……所以，聽到將太摔下來時……」

「怎麼會這樣……所以將太摔下來，是浩次的錯嗎？」

幸的喉嚨發出了咕嚕的聲音，然後緩緩地，好像在移動大石頭般緩緩地用力搖頭。

「……是、是我的錯。」

「但妳不是反對他的這種做法嗎？」

「雖然我起初反對，但漸漸有點搞不清楚了，有時候甚至覺得浩次說得對。」

幸說即使她回想，也想不起來從什麼時候開始變成這樣。

只是不知道從什麼時候開始，幸的意見在家裡越來越不被當一回事。他們交往時，兩個人的關係很平等，但幸漸漸發現，家裡重要的事都由浩次決定。對今後的展望、每個月儲蓄的金額、生活費的分配、育兒的方針、換車的時間。幸認為是自己懷孕之後，為了專心相夫教子，辭去工作之後，這種傾向就越來越嚴重。浩次個性很強，而且能言善辯也是原因之一。無論幸說什麼，浩次都不以為然，不屑一顧，經常對她說什麼「真羨慕妳可以這麼無憂無慮」、「妳什麼都不懂」，當幸回過神時，發現自己變成了浩次的一部分。

「我漸漸也覺得，男生不可以這麼膽小，而且以為這就是在教育孩子。我是大人，是他的媽媽……將太一定希望我可以救他。」

磁場出了問題。以身在漩渦中的人無法察覺的速度，但確實在旋轉、收縮，然後凝固在一起。

可以認為這次的事只是意外，浩次的教育是笨拙的愛，幸只是守護她的家庭。但也可以認為浩次是虐待者，幸是幫兇。這就像是令人厭惡的灰色萬花筒。唯一確定的是，我的朋友認為自己是加害人。

「所以妳不想活下去了嗎？」

幸的表情僵硬，好像緊咬著牙關。

我知道這個問題很過分。她已經選擇了正常飲食。

幸低下頭沉默不語，我跨過她伸在走廊上的腿，走向廚房。我打開冰箱，又打開了蔬菜室。

冰箱裡有雞肉。我放進塑膠袋，加了大量管狀包裝的蒜泥和薑末，加了醬油和酒用力揉。靜置片刻後，再加入雞蛋和麵粉，用熱油炸熟。然後拿了半顆高麗菜切絲後，裝在大盤子裡，淋上芝麻沙拉醬。然後把白飯解凍，在碗裡準備了速食味噌湯，抓了一把家裡常備的石蓴海苔放進去。

「吃飯吧。」

我把冒著熱氣的盤子放在桌子上，拉著幸的手臂。

「快來吃，我也和妳一起吃。」

我站在她身旁一次又一次呼喚，像小孩子一樣抽抽噎噎的幸撐著牆壁，扭著身體站了起來。

之後，我每天都持續做美食。

用莫札瑞拉起司和櫻桃蕃茄烤的瑪格麗特披薩。

加了大量蔬菜的棒棒雞。

花枝燉蘿蔔。

焗烤洋芋泥鹹牛肉。

蝦仁炒青花菜。

奶油明太子紫蘇義大利麵。

南瓜和蘭姆酒漬葡萄乾春捲。

我的朋友每天拿起筷子時，都在想要活下去，和想要消失的界線之間徘徊，我用飲食的誘惑讓她張開了嘴。經過她的咀嚼後，咕嚕一聲吞下去的溫暖食物滋潤了她的血肉。如此一來，她明天也死不了。

這是奇妙而美好的體驗。一直接觸一個生命，等待那個生命茁壯、堅強起來，希望那個生命更加貪婪、傲慢，不會被一丁點罪惡輕易擊垮。既然決定活下去，她從此之後，也將在帶著傷痛和痛苦的日子中繼續走下去，所以她必須更堅強，也必須更世故。

我從今以後，也不會帶著祝福的心情為幸福美滿的人做菜，因為我發自內心並不相信這樣的餐桌。

我更希望像幸那樣的人吃我做的菜，我想為那些承受過痛苦煎熬的人的餐桌增添豐富，這種餐桌也應該有我的一席之地。

梅花枯萎掉落，當取而代之的櫻花開始綻放時，幸原本粗糙的手指恢復了光滑；原本斷斷續續的睡眠終於能夠連貫，終於能夠沉睡，頭痛和腰痛這些慢性折磨身體的症狀也都漸漸改善了。

「我明天要回家了。」

在幸對我這麼說的那天晚上，我咬牙買了高級上腰肉牛排，用大蒜爆香的油慢慢煎，完成了中間還帶有一點血紅色，肉質甘甜柔軟五分熟牛排，還買了一瓶紅酒。

「接下來妳有什麼打算？」

「目前已經差不多往這個方向在發展了，我會和浩次離婚。——而且我希望能夠爭取將太的骨灰，即使只有一部分也好。因為他生前很怕爸爸，所以我要讓他離開爸爸，這次真的……讓他可以花很長時間挑選自己想穿的衣服，也要做很多點心給他吃。這麼簡單的事，為什麼之前……唉……」

大滴的眼淚積在眼尾，然後順著臉頰滑落下來，但幸應該不會再尋死。

幸花了一點時間，把兩百公克的牛排全都吃了下去。西洋菜沙拉和奶油炒蕈菇也都吃得一乾二淨。喝了紅酒後有點發熱的身體躺進了被子。

因為是最後一晚，我也把被子搬去客廳，和她睡在一起。

「晚安。」

「嗯。」

我們從被子裡伸出手，溫暖的指尖碰在一起。富有營養的鮮血在兩個身體內循環。

「幸。」

「──什麼事？」

「謝謝。」

「……應該是我對妳說謝謝。」

「不，妳聽我說。」

我很難用言語表達。我緩緩地，就像用羊毛編織毛線般思考著。

「因為我不會成家。……這不是死心，而是我認為自己應該不會結婚。雖然我試過幾次，但總覺得不適合我，所以妳和我生活在一起，我依次為妳做容易消化的食物，感覺好像在養小孩子，讓我感到樂在其中。在妳未來的人生中，也有很多這種意想不到的事。──歡迎妳和將太下次再來我家玩，我來做甜點。雖然甜點不是我的守備範圍，我不是很拿手。」

幸握住了我的手。我的意識慢慢沉浸在葡萄酒帶來的醉意中，覺得很舒服。

「下次換我來款待妳，我來做泡芙塔，我很拿手，可以從做泡芙皮開始做，交給我吧。」

「泡芙塔嗎?吃得完嗎?」

我忍不住笑了起來。

我聽著深夜的街道傳來的聲音，伴隨著幸平靜的呼吸聲沉沉睡去。眼瞼內側的黑暗中，浮現出聳立在遠處的泡芙塔，加了大量水果醬、鮮奶油和巧克力碎片的泡芙塔五彩繽紛。

只要持續前進，就可以遇見。可以一次又一次遇見。我瞇眼看著遙遠的距離，邁開步伐，踏上漫長的道路。

大鍋之歌

我走在乳白色的長廊上，沿途確認牆上的姓名牌子，尋找他告訴我的病房號。

轉了好幾個彎，終於找到的病房是四人房間。他在哪裡？我在病房內張望之前，就看到走進病房後，左側那張病床床尾的牌子上貼著寫了「萬田知生」這個熟悉名字的牌子。一個身穿淺藍色睡衣的男人坐在病床的側面，兩隻腳垂在床邊。

萬田。我正想叫出口，但一下子認不出這個低頭駝背，看著旁邊小冰箱門的男人就是交往三十多年的老朋友。不知道為什麼，病床上的人的側臉有點像走在山上時，不時看到的、可以塞下一個小孩子的大樹洞，或是大得驚人的多孔菌，臉上濃濃的陰影讓我無法移開視線。他看起來就像是什麼生動的物體。

過了一會兒，我才想到自己從來沒有看過他穿睡衣的樣子，也從來沒看過他鬍渣沒刮的臉頰、頭髮翹起來的後腦勺，以及鎖骨周圍蒼白的皮膚。萬田和我見面時，總是一身清爽的打扮，滿臉笑容地向我展示新買的釣魚背心上的名牌標誌，或是防水雨靴或是登山背包。

看到他下垂的魚尾紋，和漸漸稀疏的髮旋，我才終於產生了親近感，用憋著的聲音叫了一聲。

「萬田。」

猛然轉過頭的男人正是老朋友熟悉的臉龐。

「喔，阿松，不好意思，還讓你特地跑一趟。來吧，你拿那張椅子來坐。你等我一下，冰箱裡也有茶。」

「不用，不用，你不要動！如果我想喝茶，會自己去拿，病人就不要動了。」

萬田握住點滴架想要站起來，我慌忙制止了他，拿了放在病房牆邊的鐵管椅，在病床旁坐了下來。

雖然我催促他坐下來，但面對面坐下後，又不知道該說什麼。

每次去探視命途未卜的人總是這樣，當年去探視因為感冒遲遲不見好轉住進醫院，最後引發肺炎去世的母親時，只要在病房見到她，就覺得很尷尬，就問她有沒有缺什麼，我去樓下買，然後就在病房和商店之間來來回回。

「你受苦了。」

我客套地安慰道。萬田也應了「真是，唉」這句沒有什麼特別意義的話，苦笑著聳了聳肩。

「我爸以前也生這種病，所以病急亂投醫也沒用。」

「這樣啊。」

看到萬田並沒有亂了方寸，我暗自鬆了一口氣。我不經意地轉頭一看，發現他從睡衣袖子下露出的左手臂內側有一片青黑色的瘀青。

「看起來很痛。」

「是啊，我血管太細了，所以針頭不容易打進去，手腕那裡已經不行了，現在都打手背。一看到這些，心情就很沮喪，而且，這裡的三餐都很難吃，根本難以下嚥。」

「那真是太慘了。」

聽到萬田說沮喪、飯很難吃這些具體的不滿，我覺得終於有話可以聊了。

「要不要我做點什麼送來給你換換口味？醫生並沒有限制你的飲食吧？」

「醫生說，如果吃得下，吃什麼都沒問題，盡可能多補充點營養。」

「那就太好了，我會看著辦。」

我問他有沒有缺什麼日常用品，他說目前暫時沒問題。萬田是單身，父母早就離開了人世，今年六十歲的姊姊每個月會來看他兩次，為他添購生活用品。萬田的姊姊從外縣市要轉好幾班電車才能來這裡，我的生活圈離這裡更近。要上班的日子可能沒辦法，休假的時候，開車不需要一個小時就可以來這裡。

有需要什麼隨時告訴我。我拍了拍他的肩膀後走出病房，在綜合櫃檯辦理手續後離開了醫院。

在停車場旁的花圃中看到一片黃色的油菜花，在陽光下發出耀眼的光芒，忍不住停下了腳步。

前幾天在任職的飯店中庭看到綻放的櫻花吐出了柔軟的花瓣，我才想到聯絡萬田。

我們每年會見面三、四次，都是在感受到季節變化時，一起去找時令食材。除了採野菜、摘蕈菇、海釣、河釣和夜釣，在狩獵季節，還會協助認識的獵人宰殺獵到的野生動物。這並不是單純的行樂遊玩，我在東京都內歷史悠久的飯店內和食餐廳當主廚，萬田在家庭餐廳負責商品開發，對我們來說，這些活動都可以做為工作上的參考。

【下個月要不要去深山走一走？在溪釣季節正式開始之前去看一下河流，順便採一點野菜回來。】

我在下午的休息時間傳了這封電子郵件，原本以為萬田會在晚上下班後回覆我，沒想到隔天白天，才接到他的電話。

「阿松啊，我最近身體出了點問題。」

他在電話中告訴我，他罹患了難治的疾病，雖然動了手術，但癒後並不理想，目前還不知道什麼時候才能出院。

原本這種初春季節風和日麗的日子，我們會拿著釣魚竿走在嫩葉茂密的山上，在當地品嘗美食後滿載而歸，如今看到油菜花天真無邪的黃色，心情就有點難過。至少要做點能夠感受到當令季節的食物送給他吃。

隔週休假日時，我一大早就去市場買了一尾真鯛，把顏色像櫻花花瓣般柔和的生魚片和蘿蔔絲、海藻綁上保冷劑，裝在保鮮盒內，然後用鯛魚骨熬的高湯中加入油菜花和豆腐，煮成湯後裝在保溫杯中。我覺得分量太多可能會造成萬田的負擔，所以只送了像深夜喝酒配下酒菜的分量，他很高興。

「春天終於到我這裡了。」

他的腸胃黏膜都受損，所以無法吃太多，但他用去商店買來的塑膠湯匙，津津有味地喝著湯。

那天晚上，我用剩下的鯛魚和米放在沙鍋裡煮了鯛魚飯，配上鯛魚高湯，端給剛從補習班回家，明年準備考大學的女兒野榮，她驚訝地問，是要慶祝什麼事嗎？

滷春筍、味噌蜂斗菜、醃漬鰹魚、蛋花吻仔魚。我利用工作的空檔，隔週就送一次親手做的菜到萬田的病房。即使他每次只能吃幾口，但看到他願意吃，我還是很高興。

「真好吃，阿松，你做的菜真的太好吃了，不愧在我們這票人中最有出息。」

我知道在同一所廚師專科學校畢業的同學中，自己的工作比較引人注目，所以很高興地點了點頭。回想起來，雖然我們之前經常一起去找當令食材，但或許真的很久沒有下廚做菜給萬田吃了。

「最近差不多只是把溪流釣到的魚當場殺了做成生魚片，或是抹鹽後烤來吃，沒有做什麼像樣的料理。」

專科學校時代為了省錢，一票同學經常聚在某個同學的公寓，煮很多咖哩或是炒一大鍋麵，但畢業之後，大家各奔前程，也就不再有這樣的機會。萬田可能想起了深山的景色，瞇起眼睛，露出懷念的神情點了點頭。

「那可是我的最愛，簡直是一種奢侈。」

「任何東西都是在戶外比較好吃，風也很舒服。」

我不經意地脫口說道，才發現自己說錯了話。至少不該在不知道什麼時候才能出院的朋友面前說這種話。用簾子隔起的狹小空間，打了點滴的不自由身體，以及病房內混雜了食物味道、體味和藥品味道的獨特氣味，都好像突然向我逼近。

明明覺得不該亂說話，但如果現在沉默，又好像是不相信他能夠恢復健康的寡情傢伙，所以不知道該如何應對。雖然萬田說目前並沒有其他治療法，但期待奇蹟可以發生應該不是壞事……難道不是嗎？一定就是這樣。

「你好好吃飯，養好體力，等你恢復健康，我再約你去河釣。」

我傻傻地用開朗的聲音說道，好像忘記他曾經告訴我，他的癒後並不理想這件事。說完之後，再次覺得自己說錯了話。

「嗯，是啊。」

萬田並沒有特別的感想，吸著我剝了皮後遞給他的橘子果肉，花了很長時間咀嚼一片橘子，然後吃力地嘆了一口氣。

「其他的我晚一點再吃，你幫我放進冰箱。」

「好，我知道了。」

「對了，野榮是不是要考大學了。」

萬田也認識我女兒野榮，話題轉移到她的身上，所以我也終於比較知道該怎麼說話。

「平日的晚上和週六、週日，都要去補習班。」

「真辛苦啊，但目前是她人生緊要關頭。」

我們正在閒聊時，熱騰騰的食物味道撲鼻而來，戴著口罩的護理師說點心時間到了，送來了淋了醬汁，撒了柴魚片的大阪燒。「謝謝。」萬田客氣地道謝後接過盤子，在護理師走出病房時，輕輕嘆了一口氣。

「真傷腦筋，這個很難吃，每次都做得很鹹，我又不好意思直接丟進垃圾桶，每次都只好吃一口。」

萬田說，他在吃大阪燒之前要先去上廁所，於是握著點滴架站了起來。我問他要不要陪他去，他說目前還不需要。他的腰和腳的關節都會痛，邁著笨拙的腳步，小心翼翼地走出病房。

我坐在主人離開的病床上發呆，等萬田回來之後，我就準備告辭。我心裡這麼想著，打量著昏暗的空間。塑膠馬克杯裡有一把牙刷，還有喝到一半的鋁箔包飲料，拆了書封的文庫本、電動牙刷。這些日常使用的生活用品放在桌子和架子上。

醫院為什麼向重病的病人提供重鹹的飲食？萬田一直說醫院的餐點很難吃、很難吃，讓人覺得他很可憐，我忍不住把大阪燒切成一人份時掉在盤子角落的碎屑放進嘴裡。

好吃。很好吃。

大阪燒裡似乎加了山藥泥，整體口感很輕盈柔軟，切成細絲的高麗菜口感很脆，鋪在底部的豬肉也沒有很硬，從麵糊中可以感受到昆布高湯的香氣。而且味道很清淡，充分襯托出食材本身的味道，也兼顧到病人的健康。

我無法相信，忍不住又偷吃了一口，果然很好吃。我立刻拿出手機，查了一下這家醫院提供的膳食。這家醫院有自己的營養部供應病人的膳食，除了實施營養指導和飲食療法，還會根據病人的病情進行調整，方便病人食用。在附近幾家醫院中，這家醫院的美味膳食很受好評。

「你在偷吃什麼？肚子餓了嗎？」

聽到驚訝的說話聲，我忍不住回頭。萬田推著點滴架走了回來，好像逮到小孩子做壞事一樣抿嘴笑著。

「是不是很鹹？這裡的廚師加太多鹽了。因為住院的都是老頭子、老太太，可能覺得他們喜歡吃重口味。啊，好痛好痛。」

萬田扶著腰呻吟，緩緩坐在病床上，露出好像被陽光溫暖的水窪般透明而深邃的眼神看著我。我把嘴裡的大阪燒吞了下去，輕輕點了點頭。

「對啊，有點鹹。」

那天晚上，野榮從補習班回來後，我告訴她：「萬田生病了。」野榮嘴裡念著「萬田、萬田」，走進自己房間換了衣服，然後一臉想睡覺的表情走回客廳。

「萬田叔叔就是以前來我們家裡，做奶油燉雞肉給我們吃的那個人嗎？」

「喔，妳記得真清楚。」

「當然記得啊，因為雞肉燉得很軟，很好吃，而且裡面還加了蕪菁，讓我很驚訝。」

七年前，我媽去世時，野榮還在讀小學高年級。在單親家庭長大的野榮很喜歡疼愛她的奶奶。當時她難過得無法去上學，我卻無法花很多時間照顧她。因為我媽去世，也讓我的身心幾乎失去平衡，再加上剛去目前工作的那家店，所以整天繃緊神經，以免在工作上出差錯。

某個星期六清晨，萬田拎了一個裝滿各種食材的超市袋子，和還冒著熱氣的麵包店紙袋來到家裡。

「謹向你表達衷心哀悼。」他恭敬地打招呼後，用輕鬆的語氣說：「廚房借我一下。」

在我出門上班前的四十五分鐘內，他用家裡最大的六公升鍋子做了豪華的奶油燉雞肉。除了雞肉以外，還有洋蔥、胡蘿蔔、馬鈴薯等常見的食材，以及球芽甘藍、南瓜、香菇和蕪菁這些通常不會用來做燉菜的食材，總之，他在奶油燉雞肉裡加了很多蔬菜。

麵包店的紙袋裡有十幾個鹹麵包和甜麵包，有的加了巧克力，有的加了起司，很多都是小孩子愛吃的口味。野榮愛吃的菠蘿麵包共有三種不同的口味，一種加了鮮奶油，另外兩種分別烤得很鬆軟，和烤得很香脆。

野榮可能聞到了廚房的香味，穿著睡衣從自己房間走了出來，萬田配合她視線的高度蹲了下來。

「妳可以盡情吃自己喜歡的麵包，還有奶油燉雞肉，每天吃一碗，盡可能舀蔬菜比較多的地方。」

萬田說話的語氣很溫和。野榮驚訝地瞪大了眼睛，愣了幾秒鐘後退了幾步，躲在我的背後。萬田離開之後，她踮起腳尖，戰戰兢兢地看著鍋子內，然後小聲地說：「我要吃。」

「但那並不是妳第一次吃萬田的料理。」

「是嗎？」

「差不多在妳三歲左右的時候，在楓離開後不久，他也曾經來過家裡，做了飯糰和加了很多料的味噌湯。」

楓是已經和我離婚的前妻。我和她經由別人介紹後相親結婚。我年輕時後知後覺，但她嫁進我家後，似乎就覺得有些事情不對勁。

「為什麼你媽腿不好，你爸還經常帶一大票人回家吃飯，讓你媽一直在廚房張羅？如果要請客，可以去外面餐廳，如果要在家裡請客，至少也要幫忙下廚或是收拾……你爸又不缺錢，可以請客的時候找會下廚的幫傭來家裡幫忙。為什麼不動動腦筋？」

「因為我爸很依賴我媽，妳別看我爸這樣，他很神經質，不喜歡在外面吃飯。他只相信家裡人，不喜歡外面的人來家裡幫忙。我媽跟著我爸生活，也吃了不少苦，所以妳偶爾也幫忙一下我媽。」

「我？你爸請客的時候？為什麼？」

「沒有為什麼啊，不都是一家人，而且妳們都是女人啊。妳可以在廚房幫忙，順便拿點零用錢。」

因為我經常看到在婚喪喜慶等不同的活動時，親戚中的女人都擠在廚房內，一邊開心地聊天，一邊張羅菜餚，所以我想得很簡單，覺得如果我媽和楓也能夠這樣，一定很快樂。在我內心深處很同情我媽，覺得她被高高在上的爸爸折騰得很辛苦，很希望自己的老婆能夠體恤我媽，所以才會答應和當時是護理師的楓相親。

野榮剛滿三歲時，我和楓一直爭吵不休，最後楓提出了離婚。雖然她想帶野榮一起離開，但我直接轉述了爸爸的話，指出她自己的體力和經濟能力有問題，再加上她娘家正在為金錢所困，如果帶野榮走，等於剝奪了野榮的教育機會。原本我以為讓她瞭解這種現實後，她就會恢復冷靜，不再提離婚這種愚蠢的事，沒想到她把已經簽了名的離婚協議書丟在桌上。

「你有時候和你爸一樣，用好像在罵腦筋不靈光的寵物一樣的語氣對你媽大吼小叫，你早晚也會這樣對我大吼小叫。」

她氣得臉色蒼白，用力瞪著我，然後再三叮嚀，要讓野榮就讀符合她學習能力的大學，如果我不遵守約定，她就會來殺了我，然後就離開了這個家。起初她對我家感到不對勁和困惑，對習慣的不同感到煩躁，但最後她從心裡憎恨、嫌惡我。

那是我第一次被別人這樣強烈拒絕。我覺得自己很失敗，像做錯了什麼事。但是，到底做錯了什麼？我請假在家，每天茫然地看著野榮抱著嬰兒時喝奶時用的抱枕哭泣的背影。父母熱心地建議我把生活重心轉移去他們那裡，在我再婚之前，可以把野榮交給奶奶照顧，我只要專心工作。他們認為這是理所當然的，甚至催促我趕快這麼做，但我沒有被打動。

我用好像在罵腦筋不靈光的寵物一樣的語氣對我媽大吼小叫?怎麼可能有這種事?但有時候的確像爸爸上身一樣,對我媽說一些我爸常說的話。如果繼續在那個家裡生活,我以後也會用像在罵腦筋不靈光的寵物一樣的語氣,對著野榮大吼小叫嗎?

我感到不寒而慄。我並不想讓妻女不幸,但在我周圍,沒有任何一個男人獨立養育孩子,在五年之後,才出現積極參與育兒的「奶爸」這個名詞。

差不多就在那個時候,我接到了萬田的電話。他說他在千葉的海邊開車兜風,心血來潮地揮竿釣魚,沒想到釣到很多漂亮的竹筴魚,簡直太好笑了,還說下次要找我一起去那裡。總之,他在電話中無憂無慮地和我聊這些。

我在電話中告訴他,我老婆和我離婚了,不知道未來的情況,所以也無法和他約定時間。他在電話中得知我的情況後,當天晚上,就背著裝了竹筴魚的保溫冰桶,慌慌張張地跑來我家。

「你還好嗎？野榮呢？」

她的情緒一直很不穩定，現在也在哭，我也腦筋一片混亂。我可能對他說了這些話。萬田打量家裡之後說：「不管怎麼樣，先吃飯再說。」然後就開始煮飯。在飯煮好的五十分鐘期間，我慢慢向他訴說了老婆和我離婚的來龍去脈。我說都是我老婆的錯，還有我父母的錯，我怪東怪西後，終於平靜下來，覺得自己可能也有錯時，萬田皺著眉頭插嘴說：

「楓已經離開你了，這件事已經成了定局。比起討論到底是誰的過錯，接下來該怎麼做更重要。你覺得怎樣才能讓野榮幸福地長大？」

「……應該讓她和我父母保持距離，搞不好也要和我保持距離。」

「那就交給第三者，雖然我搞不懂幼兒園和托兒所有什麼不同……不是有這種可以在你上班時，把孩子送去那裡的地方嗎？除此以外，還有臨時保姆，或是幫人帶孩子的保姆，都要調查一下。」

「她這麼小，要交給陌生人照顧嗎？」

我原本以為即使要把野榮交給別人照顧，也只能找親戚中的女性，向她訴說目前的困境後請她幫忙，沒想到萬田很受不了地皺起眉頭說：

「阿松，就是要這樣啊。楓不是要你別把這種事推給家裡好說話的人，而是付錢找專業的人嗎？你自己也要遠離這種環境，保護野榮。」

電子鍋發出了飯已經煮好的音樂聲。萬田把剛釣來的竹筴魚抹鹽烤熟，將魚肉拆下後，和切細的酸梅果肉一起拌進剛煮好的飯中，捏了大人吃和小孩吃的兩種不同尺寸的飯糰各十個，然後用最大的鍋子煮了滿滿一鍋加了大量的蔥、海帶芽、蘿蔔和雞蛋的味噌湯。

萬田用水性筆在用保鮮膜包起的小孩飯糰上畫了麵包超人的臉，交給了野榮。

「野榮，給妳。」

麵包超人！野榮終於抬起了頭，接下來很長一段時間，野榮都叫萬田「麵包超人叔叔」。

如果萬田當時沒有來家裡，我養育野榮的方式應該會和現在不一樣。野榮在附近的托兒所和好幾個保姆的照顧下長大，在小學低年級時的保姆是一位從小在國外長大的姐姐，受到那個姐姐的影響，她說想出國留學，也打算報考交換學生制度完善的大學。

「我完全不記得飯糰和味噌湯的味道了。」

「那時候妳才三歲，據說三歲前的記憶都會消失。」

「萬田叔叔真是個好人。」

「我記得他小時候父母都去世了，所以可能格外疼惜妳。」

「是喔……」

女兒用鼻子吐了長長一口氣，在沉默片刻後突然說：「我想去探望萬田叔叔。」

「啊？妳不用去吧。」

「因為他以前這麼照顧我，所以我去探視他一下。……而且，你告訴我這件事，不就是要我在他人生終點之前向他道謝嗎？」

「才不是，要怎麼說……」

我只是很驚訝，萬田的病情已經嚴重到失去了味覺這個階段。我無法獨自承受這種震驚，但又不想告訴不知道目前是否和萬田還有來往的老同學，剛好看到曾經同樣受過萬田恩惠的女兒，所以就脫口告訴了她。

「不不不，妳不用去看他，他和妳沒有血緣關係，只是見過兩次面的叔叔，妳一個小孩子特地去探視他，未免太奇怪了。」

「……爸爸，我偶爾覺得，你有時候超遲鈍，神經超大條。」

「啊？」

「奶奶住院時，你也完全沒有好好跟奶奶聊天，該怎麼說……好像根本不把人際關係當一回事……萬田叔叔人這麼好，為什麼願意和你玩在一起，太不可思議了。」

野榮露出冷漠的眼神看著我這個爸爸，走進了自己房間。

把剛從魚缸裡撈出來的比目魚尾巴用力敲向砧板。比目魚可能偽裝成海底的砂地，身上的黑色和茶色斑點圖案發出帶有黏性的光。

我立刻用戴上乾淨手套的手把比目魚的身體翻了過來，露出了雪白的腹部。從背面用錐子用力打穿魚腦，一口氣了結。

了結就是盡可能迅速地讓魚斃命，就可以有效預防魚肉損傷，或是壓力造成肉質變差。

比目魚用力跳了一下，身體有力痙攣了兩、三次，魚鰭像波浪般起伏，然後突然安靜下來。我豎起刀子插入魚鰓，切斷中骨，再切斷尾巴附近的魚骨，在旁邊的水桶內放血。

我任職的那家和食餐廳有一個可以讓客人觀賞活魚的魚缸，如果客人強烈要求，可以當場殺魚後送上客人的餐桌，但基本上都是上午做準備工作時殺魚放血，清除內臟，然後放在冰箱內靜置，逼出鮮味後再提供給客人。

一尾接著一尾，我按部就班地殺魚，突然想起萬田曾經說，他不擅長殺魚。他說每次殺魚時都會忍不住緊張，所以去溪流釣到魚時，都盡可能交給我處理，我每次都很不以為然地說，做餐飲的人怎麼可以不擅長殺魚。人生在世，有吃才能活，要吃就必須殺生。我們的工作就是提供飲食，讓周圍的人能夠活下去，如果怕血弄髒菜刀，就什麼事都別做了。

上個星期黃金週時，野榮的高中放假，我帶著她去了萬田的病房。

原本以為萬田會感到不知所措，沒想到他靠在床頭調高的病床上，對野榮的造訪感到很高興。妳長大了。變漂亮了。妳長得一副聰明相。他對野榮讚不絕口，拿出同事和朋友來探視他時送的一大堆水果、點心給野榮吃。

不知道是因為不記得萬田的長相，還是不知道該和爸爸生病的朋友聊什麼，起初幾分鐘，野榮只是輕輕點頭，幾乎沒有說話，但在萬田問她：「妳現在喜歡吃哪一種菠蘿麵包？」後，就開始說哪裡的哪家店賣的肉桂菠蘿麵包很好吃，慢慢聊了起來。

野榮結結巴巴地和萬田聊了十五分鐘後，野榮喝著萬田叫她從冰箱裡拿出來的養樂多說：

「我現在做奶油燉雞肉時，每次都會加蕪菁。」

「喔，是嗎？」

我在一旁忍不住插嘴問。野榮皺起眉頭看著我，嘆了一口氣。

「爸爸完全沒有發現這件事，神經太大條了，而且也太不關心別人了。」

「哈哈哈。」

萬田輕輕發出了笑聲，他脖子變得很瘦。和兩個星期前相比，他應答時停頓的時間變長了，也不再下床，不時按鈴找來護理師，說他的背很痛，請護理師幫他移動墊在背後的枕頭位置。

野榮看著萬田，雖然皺著眉頭，但嘴角露出笑容，臉上的表情很尷尬，然後突然流下了眼淚。

「奶油燉雞肉很好吃。」

她想要繼續說什麼，但嗚咽讓她說不出話。啊啊，啊啊，怎麼可以這樣？如果是自家人也就罷了，來探視朋友，怎麼可以哭呢？這會讓病人不知所措。我輕輕拍著野榮的背，看著萬田，藉此向他表達歉意，萬田露出好像在看什麼不可思議的東西般的眼神，注視著泣不成聲的野榮。

「我們差不多該走了，萬田叔叔說太多話會累。」

野榮看著我，似乎想要說什麼，但最後皺著眉，點了點頭。她說要去廁所，先走出了病房，我轉頭看著萬田。

「不好意思，吵到你了。我改天再來看你……有沒有想吃什麼？或是需要什麼東西？」

「沒有……」

萬田環顧周圍的空間。野榮帶來的綜合水果果凍放在病床附屬的桌子上。

「野榮太厲害了，那些假裝沒事的大人簡直就像傻瓜。」

「呃……」

我想假裝沒事，因為我不喜歡捲入麻煩。也許是因為我臉上露出了為難的表情，萬田看著我，喉嚨發出了「啊啊」的無奈聲音。

我媽是在七十七歲時，因為感冒遲遲不見好轉，最後住進了醫院。我爸比她年長八歲，在三年前就失智，由我媽在家照顧他。我媽住院的頭幾天，我住回老家照顧我爸，但得知我媽暫時無法出院後，就送我爸去了安養院。

我媽和我爸結婚五十多年，躺在病床上，終於擺脫了伴侶，她好像要把多年的積怨一吐為快，開始訴說自己的人生有多慘，缺乏理解和體貼的丈夫讓她吃了不少苦。

我不想聽這些事，我覺得我媽——我以為沉默寡言，喜歡做家事、帶孩子的我媽好像突然變了一個人，讓我感到心裡發毛。怎麼回事啊！既然之前都沒有提，就該把這些怨言帶進墳墓，現在說這些有什麼用？我甚至想要疏遠我媽，看到野榮在我媽的病床旁附和著「原來是這樣，哇，爺爺好過分。好討厭，奶奶辛苦了」，我不由地佩服她太靈巧了。

面對楓的憎惡，和看到我媽內心的恨意時，我覺得就像有什麼難以理解的東西丟了過來，讓我不知所措。我並不是說女人特別複雜的意思，無關性別，職場上的很多同事也這樣，為一些根本不需煩惱的事煩惱而毀了自己，說一些不該說的話，讓別人不知如何應對。看起來就像是自尋煩惱，我向來懶得理會這種人。也就是說，這個世界上有很多人整天在想一些麻煩的問題。

我在快三十歲時發現，萬田經常為我拍照。我們一起去山上或是海邊時，萬田經常拿起相機拍照。他先拍周圍的風景，然後說拍人有助於之後的回憶，所以要我站在美麗的風景前拍照。

我雖然會拍釣到的魚，或是一些珍奇的蕈菇類，但從來沒有想為萬田拍照。偶爾有其他貼心的釣客問「要不要幫你們一起拍張照？」時，才會覺得機會難得，就請對方幫我們拍照。我手邊有三張萬田的照片，但萬田的數位相機裡應該有幾百張，搞不好有幾千張我的照片。

萬田對我很親切，有時候甚至太親切了，我在萬田身上感受到的無拘無束，和萬田對我的感情之間應該有很大的落差。但只要這種落差不會造成障礙，我覺得無所謂。萬田不會像其他人一樣說一些複雜的事，為人很爽快，每次我約他，他就二話不說陪我一起出遊遠行。我希望他在生命的最後一段日子也能夠繼續保持下去，不希望他多說一些無益的話。我有這種想法，難道就是野榮說的神經大條嗎？

萬田看起來很憔悴，我覺得不能隔太久再去探視他，於是一個星期後的假日，我再次走進萬田的病房。

由於他的味覺變得過度敏感，我帶了知名豆腐店的豆花去看他，但躺在枕頭上的萬田懶洋洋地搖了搖頭。

「我不想吃……嗯，不想吃。我最近沒什麼食慾，肚子整天都咕嚕咕嚕叫。」

「這樣啊。」

他已經不需要再為了填飽自己的肚子殺生了。我腦海中閃過這個想法。太好了，因為你原本就不擅長這件事。我不合時宜地想道。我猶豫了兩秒，不知道該不該說出口，但最後覺得說了也沒意義，也覺得自己很無聊，於是就閉了嘴。萬田看向病房門口，又看著我的臉問：

「今天野榮沒來嗎？」

「她今天要模擬考，所以沒來。上次回家之後，她對我很生氣。」

「啊？」

「她說我和她奶奶住院時一樣，來醫院看你只是逃避。還說你很可憐，多年老友竟然是我這種人。」

「野榮……看事情的角度……很戲劇化。」

萬田小聲說完就咳嗽起來。他邊咳邊轉動上半身，指著桌上一個長嘴壺，裡面裝了好像茶一樣的液體，示意我拿給他。我拿了起來，小心翼翼地放在萬田因為乾燥而變粗糙的嘴唇上微微傾斜。咕嚕。他的喉結上下活動了一下。不知道是否做輕微的動作也會造成痛苦，他皺起眉頭，再度恢復了原來的姿勢。

「阿松，你從以前就神經大條，不瞭解人心。」

「她可沒有這麼說。」

「但這個世界需要你這種人。……你在殺魚、切魚的時候沒有絲毫的猶豫，動作很俐落，像我的話，就會忍不住東想西想，所以才沒辦法完成。一旦內心動搖，手就會發抖，讓魚更加痛苦。」

「這有關係嗎？不是技術問題嗎？」

「不，不是，這是才能的問題。你殺的魚，痛苦的時間一下子就結束了。我每次看你殺魚，都覺得嘆為觀止。如果我是魚缸裡有點缺氧的比目魚，會對遲遲下不了手的我不屑一顧，絕對要加助跑跳到你的砧板上。」

我想像著魚缸裡的比目魚像飛盤一樣跳過來的樣子，覺得太荒唐了，忍不住笑了起來。笑的時候忍不住看向躺在病床上的朋友為了打點滴，扎得滿是瘀青的左手臂，因為浮腫嚴重，放在按摩機內的雙腳從固定束帶露出來的紫紅色腳尖，以及凹得很深的鎖骨周圍。

「如果是比目魚，早就讓牠解脫了。只要握著手，閉上眼睛，數到三秒就結束了。」

我的腦海中浮現了運送過程中受了傷，或是因為壓力的關係，導致身上出現瘀血的那些可憐的活魚。因為牠們很痛苦，所以會盡可能先解決牠們，讓牠們趕快解脫。我情不自禁伸出手，輕輕撫摸著萬田仍然在注射點滴的左手臂。

萬田前一刻還很慵懶，此刻雙眼就像撥雲見月般發出清澈的亮光。他看著我摸著的手臂，喉嚨顫抖，發出了笑聲。

「啊啊，嚇了我一跳，我以為你要了結我。」

「我才不會了結你。」

「比目魚喔。生為比目魚也不錯，剛才說的真是太奢侈了。」

萬田笑了一會兒，又被嗆到了，喝完茶後，他說累了，閉上了眼睛。

「阿松，再見。」

「好，我改天再來。」

「你把豆腐帶回家，和野榮兩個人一起吃。這不是去名店買的嗎？太可惜了。」

「好。」

幾天後的清晨，我接到了萬田姐姐的電話。她通知我萬田的病情在深夜惡化，已經離開了人世。

我從櫃子裡拿出平時沒有用的六公升鍋子，然後確認冰箱裡的食材。有原本打算用來做漢堡排的絞肉，還有洋蔥、胡蘿蔔、高麗菜，和吃掉一半的豆花。

必須再用食物填滿這個大鍋子。我小心翼翼地剝下高麗菜葉，用熱水汆燙後使之變軟，將切碎的洋蔥和胡蘿蔔稍微炒一下，將絞肉、剩下的豆花和雞蛋、太白粉混合後揉捏，再加入冷卻的蔬菜，用鹽和胡椒調味。

最後揉成幼兒拳頭般大小的丸子，用高麗菜葉包起。把完成的十二個高麗菜捲放在鍋底，加入蕃茄醬和清湯同煮。

咕咚咕咚的悅耳聲音傳入耳中。無論現在多麼寒冷，美味食物即將完成。一定可以為你帶來溫暖。萬田留下的鍋子聲輕鬆自然地歡唱。

「好香……我肚子餓了。」

客廳的門打開了，睡得頭髮都翹起來的野榮探頭進來。

國家圖書館出版品預行編目資料

還是要抱著溫暖的鍋子說晚安/彩瀨圓著；王蘊潔譯. -- 初版. -- 臺北市：皇冠文化出版有限公司, 2021.11
面；公分. --（皇冠叢書；第4984種）（大賞；131）
譯自：まだ温かい鍋を抱いておやすみ
ISBN 978-957-33-3809-3(平裝)

861.57　　　　110016221

皇冠叢書第4984種
大賞｜131

還是要抱著溫暖的鍋子說晚安

まだ温かい鍋を抱いておやすみ

作　　者—彩瀨圓
譯　　者—王蘊潔
發 行 人—平雲
出版發行—皇冠文化出版有限公司
台北市敦化北路120巷50號
電話◎02-27168888
郵撥帳號◎15261516號
皇冠出版社（香港）有限公司
香港銅鑼灣道180號百樂商業中心
19字樓1903室
電話◎2529-1778　傳真◎2527-0904
總 編 輯—許婷婷
責任編輯—黃雅群
美術設計—嚴昱琳
著作完成日期—2020年
初版一刷日期—2021年11月

法律顧問—王惠光律師

讀者服務傳真專線◎02-27150507
電腦編號◎506131
ISBN◎978-957-33-3809-3
Printed in Taiwan
本書定價◎新台幣320元/港幣107元